Fernando Dourado Filho

O boiadeiro que tentou devolver o Brasil a Portugal

AzuCo
publicações

Título Original no Brasil
O BOIADEIRO QUE TENTOU DEVOLVER O BRASIL A PORTUGAL

Editoração: S2 Books
Capa: Marcelo Girard
Imagem da capa: The-ox.jpg
The Ox by Joseph Stella, 1929
Joseph Stella
Public domain
Revisão de Texto: Vania Cavalcanti
Editoração: S2 Books

Direitos exclusivos de publicação somente para o Brasil adquiridos pela AzuCo Publicações. azuco@azuco.com.br
www.azuco.com.br

Dados Internacionais de Catalogação na Publicação (CIP)
(Câmara Brasileira do Livro, SP, Brasil)

Dourado Filho, Fernando
O boiadeiro que tentou devolver o Brasil a Portugal / Fernando Dourado Filho. -- São Paulo, SP: AzuCo Publicações, 2022.

ISBN 978-65-997703-3-3

1. Ficção brasileira 2. Brasil - História - Independência, 1822 - Ficção I. Título.

22-108640 CDD-B869.3

Índices para catálogo sistemático:
1. Ficção : Literatura brasileira B869.3
Eliete Marques da Silva - Bibliotecária - CRB-8/9380

Para a Rita Ferro, escritora que tanto admiramos, a tradução do que a gente de Portugal tem de melhor.

À memória de meu tio Ivan Rodrigues e às saudades que ficarão para sempre.

"Democracy is a pathetic belief in the collective wisdom of individual ignorance"

H. L. Mencken

Palácio de Belém

Calçada da Ajuda

1349-022 Lisboa

Portugal, Europa

Exmo. Sr. Presidente da República Potuguesa

Prof. Marcelo Rebelo de Sousa

I

Senhor Presidente

Receba uma saudação sincera deste velho boiadeiro do Nordeste brasileiro que, de atrevido, ousa mandar uma carta à autoridade máxima de Portugal.

Sei que essa minha insolência é ainda maior do que a do vigário de Camutanga que, segundo ouvi da boca de gente considerada, uma vez escreveu ao papa (aquele polonês raçudo), querendo saber de Sua Santidade se estava autorizado a rezar a missa de ano na intenção da alma do cachorro de uma paroquiana cheia da gaita. Só não foi excomungado porque tinha a justa fama de ter um parafuso a menos na cabeça, e o Vaticano se apiedou do desvalido, a pedido do bispo.

Pois veja V. Ex a. que meu topete é maior do que o do padre porque pelo menos os dois eram da mesma empresa, no caso a Igreja. Um era soldado raso, de vigiar guarita e limpar retrete, e o outro general, de usar medalha e óculos de sol, mas aí era apenas uma questão de patente. O fardamento era quase o mesmo e a cruz era uma só.

Já V. Ex a. é um Presidente, um professor doutor, e eu um mero criador de boi, um sobrevivente do rigor da Caatinga, se é que V. Ex a. sabe o que é a terra seca de onde vim. Confessar meu atrevimento é dizer pouco. Até quase os vinte anos, eu mal sabia ler, escrever e contar. Queimei as pestanas para aprender mais uma coisinha e por isso me desculpe qualquer escorregada. No começo, me obrigar a ler, reler e triler uma página para entender o que diacho estava escrito, era um desespero. Na época, me humilhava ver criança de um metro e um palmo de altura debulhar um missal como se já soubesse a reza de cor, na maior correria. Mas com o tempo fui tirando o atraso, lendo tudo que um homem ocupado pode ler, e fazendo curso por correspondência. Para o Sr. Presidente ter uma ideia, treinei muito lendo sobre pecuária de corte em voz alta no pasto, com os bois prestando uma atenção danada.

II

V. Ex a. já deve ter adivinhado que eu estou com uma coceira danada na língua para dizer logo o que quero com esta mensagem, não é? Mas vou controlar esse comichão por mais umas linhas. É que como todo homem acabrunhado, fico fazendo um pouco de arrodeio, tentando acuar o bicho contra a cerca antes de laçá-lo. Na verdade, aprendi a ser assim vendendo miçanga e fustão em cada vilarejo esquecido por Deus que V. Ex a. mal imagina como se podia viver por lá. Joca Bigorrilho me ensinou na época que é bom dar umas voltas antes de beber a água do pote. Até por educação, como faz o povo fino. Nisso ele tinha razão, mas a verdade é que água não era o forte do alambiqueiro Bigorrilho nem na hora de ser professor.

Aviso, em respeito à verdade, que esta não é uma dessas cartinhas de bajulação ou de pedido de auxílio das que devem chegar de dúzia ao Palácio de Belém. Não, de jeito nenhum. Aliás, queria que V. Ex a. soubesse que trabalhei duro a vida inteira para não ter que pedir a ninguém coisa alguma que um maço de dinheiro não resolvesse. Não é que eu tenha muito, mas tenho o bastante. Como dizia o garimpeiro Moisés Gil, que tinha parte com hebreu e rezava a Bíblia com uma touca bordada a fio de ouro no cocuruto: "Dinheiro pequeno, tenho muito. Dinheiro grande, tenho pouco."

Pedindo desculpas pela ousadia desse matuto que sempre fui e que não deixarei de ser, a ideia que vou apresentar é da maior importância tanto para o Brasil quanto, por tabela, para Portugal. Pois foi a partir de uma conversa que tive com meu filho sobre o futuro do País, que encasquetei com a ideia de encaminhar a Vossa Excelência esta consulta. E aí a bola vai para seu campo, se é que me entende. Porque segundo concorde ou discorde da provocação que vou fazer, posso dar minha ideia a ele, Agenor Filho, e então ele conversa com o Governador, de quem é amigo desde os tempos da faculdade, e assim a coisa chega até Brasília, aquela cidade que ajudei a construir com a força de meus braços. Mas tudo vai depender da vossa posição preliminar.

Então, por favor, me responda, Presidente: Portugal aceitaria o Brasil de volta?

III

Não, Prof. Marcelo, não desista desta minha carta. Não faça dessas folhas uma bola de papel e não jogue tudo na lixeira presidencial, aquela que Vossa Excelência deve ter bem ao lado de sua mesa de jacarandá, junto da escarradeira de louça chinesa. Se ela parecer muito ousada, deixe que descanse sob o mata-borrão para o vento não levar, tome um copo de vinho e recomece a leitura com calma mais tarde quando estiver recuperado da surpresa. Tenha um pouco de piedade deste escrevinhador e pense nele como quem pensa no touro que resiste à furada do picador e à gritaria da arena. Não dizem que quando ele sobrevive a esse inferno, botam o bicho na ambulância e, como prêmio, o levam para uma fazenda cheia de vaquinha malhada à beira do rio? Pois o mesmo peço eu, e sei que o coração bondoso do Presidente vai me dar esse refresco. Dispenso as vacas (que já tenho) e o rio, mas preciso muito de vossa compreensão.

Para não me perder no relato, Prof. Marcelo, avalie só que desde 1500 a gente está nesse puxa-encolhe. O que ninguém nega é que se trata de um xodó antigo. Se Cabral - o Pedro Álvares, que ninguém se confunda - chegou aqui por engano ou não, o que muda? Nada. O finado Merquior, um vizinho antigo de Pesqueira, saiu certa feita para comprar cerveja no meio do aniversário do filho. Pois foi bater em Monteiro, na Paraíba, de onde só voltou dezesseis anos mais tarde com uma récua de filhos para a antiga mulher criar. Como se nada tivesse acontecido, aboletou-se à mesa e foi logo dizendo: "Acho que me atrasei. O bar estava fechado e um vento me levou para longe. Pode servir o almoço e uma cerveja. E bote um feijãozinho ali para os meninos."

Se isso aconteceu com ele, o que não dizer de umas caravelas do tipo casca de noz, balançando no mar aberto, sem motor nem ajuda de satélite? Importante é que os navegadores chegaram bem, descansaram com as índias, comeram fruta, cataram bicho-de-pé e daí em diante começou nossa história. Sobre o que veio depois, Vossa Excelência sabe mais do que eu. Imagino que no concurso para Presidência de Portugal, o candidato só passa no exame se der um banho de conhecimento sobre as antigas colônias, estou certo? Dizem que até o idioma tupi-guarani Vossa Excelência arranha, o que me deixa com inveja (boa).

Depois de instalado, Portugal quis pagar a conta da excursão com o pau-brasil, algum ouro e umas pedrinhas coloridas, vamos dizer assim. É claro que ninguém aprovou por aqui até hoje que tenham enforcado o protético Tiradentes, de quem a clientela sempre falou bem, apesar de o cirurgião tratar canal a cru, ou dando aguardente como anestesia. Quem gosta de pagar imposto, Presidente? Daquela época para cá, o governo nunca mais acertou a mão. E sempre pediu mais dinheiro do que devolveu. Isso tem que acabar.

Então foi o endiabrado do Napoleão que chegou por aí e, indiretamente, mudou nossa história. D. João VI se apavorou em ter que bater continência para o baixinho e fugiu. Fez ele muito bem porque com Napoleão não se brincava, mesmo quando a sorte não estava do lado do danado. Na Rússia, veio uma nevasca que branqueou para sempre o cavalo do Imperador. No Egito, o dito cavalo parece que não quis subir na pirâmide nem com a fala bonita do dono. Cansado de tanto rodar mundo, Napoleão chegou atrasado a Portugal e a comitiva já estava a salvo no horizonte, com D. João VI comendo bolinho de bacalhau na caravela e se abastecendo de sua barrica de vinho verde.

Mais tarde, tivemos D. Pedro I. Se ele resistiu como pôde ao Dia do Vai, anunciou o amor pelas brasileiras no Dia do Fico. Empolgado com nossas mulheres, e apertado por uma circunstância deveras embaraçosa (um mal-estar estomacal, em linguagem elegante), decretou nossa Independência montando um cavalo branco que podia ser neto daquele de Napoleão. Uma hora D. Pedro I teve também que voltar para casa, o que deixou muita mulher suspirando no cais. Já D. Pedro II era dado a viajar pelo mundo. Se tivesse avião na época, amanhecia em São Paulo, almoçava na Bahia (com pimenta e tudo) e ia dormir em Lisboa.

Ainda conheci um ou outro vivente dos tempos do Império, gente que nunca gostou da tal República, que começou com os militares mal D. Pedro II zarpou. Durante muito tempo, os portugueses vieram para cá para tirar o sustento. Hoje são os nossos que estão chegando por aí. Pensando bem, é uma atração difícil de curar. Acaso Vossa Excelência conhece algum casal que casa, se estranha, se separa, descasa, namora de novo, casa, briga, se afasta, se aparta de vez, se reencontra, passa um fim de semana no Rio de Janeiro e resolve casar de novo? Assim somos nós, Presidente.

Então vamos juntar as escovas de dente de vez, dividir o aluguel, rachar a conta de luz e reconhecer que um faz bem ao outro. Não vejo o Brasil saindo por aí de braço dado com a Mongólia ou o Irã. E não vejo Portugal dividindo o banheiro com a Coreia ou a Hungria, que não sei nem onde fica. A gente é uma espécie de Romeu e Julieta, Prof. Marcelo. Pois bem, escolha quem dos dois Vossa Excelência quer ser, muito embora isso hoje já não faça muita diferença, e vamos ao que interessa. Importante é que a gente junte as roupas de cama e não beba veneno. Está parecendo melhor?

IV

Perdoe minha falta de modos, Presidente. Falei, falei e agora é que percebi que ainda não me apresentei devidamente. Onde já se viu? Parece encontro de elevador, homem. Logo, para que o secretário da Presidência não ache que isso é uma carta de mentira, dessas que escondem um punhal embaixo do veludo, que saiba ele e a quem interessar possa, que sou Agenor Dias da Silva, seu criado, e nasci bem antes de V. Ex a. vir ao mundo porque sou de 10 de junho de 1931, o que faz de mim hoje um velhinho no calendário. Minha filha descobriu que V. Ex a. é de 12 de dezembro de 1948 (hoje em dia se sabe de quase tudo, cuidado). Isso significa que quando V. Ex a. nasceu em Lisboa, eu já tinha 17 anos, seis meses e dois dias.

Se V. Ex a. teve a sorte de nascer numa capital da beirinha da Europa, eu também não tenho do que me queixar. Vim ao mundo num lugar bonito de doer, na cidade de Arcoverde, antiga Rio Branco, no estado de Pernambuco (o melhor de todos), e minha mãe se chamava D. Francisquinha, que me teve como quinto filho de uma fieira de nove. Depois do último, faleceu de uma febre terçã, dessas que a gente nunca vai saber se foi picada de aranha-caranguejeira ou doença de pobreza. Se lhe disser que lembro dela, seria mentira. Ou pelo menos, as pessoas iam pensar que era faltar com a verdade. Mas juro que ainda tenho uma lembrança embaçada do cabelo agalegado e do olhar distraído. Não sei, pode ser só imaginação, mas a mãe é minha e posso achar o que quiser. Apesar dessa idade de fim de linha, saiba que se um dia tiver o prazer de lhe apertar a mão, V.

Ex a. vai se espantar que eu ainda tenha uma pegada firme, carnação boa (sem pereba de velhice nas costas da mão), quase todos os dentes permanentes, e que até hoje não me apoiei nem em bengala nem no braço alheio para me sustentar de pé ou subir escada.

Apesar disso, não sou besta e sei que o fim não está longe, o que não acho de todo ruim. Não que eu tenha pressa de usar o paletó de madeira, mas acho que os viventes têm que ceder lugar a quem chega. Onde já se viu ficar para semente? Renovei muito plantel de boi e sei que tem matriz que a gente não quer abater, mas a hora dela chega. Aliás, tinha um amigo que se perdeu no mundo, este alcunhado de Zito Doutor, que dizia com razão que a morte é democrática. Quando chega, pega o caboclo pelo pescoço e não dá espaço nem para negociar um troquinho, como se faz com o oficial de justiça para adiar a citação do juiz meritíssimo. Quando ele dizia isso, eu ficava besta olhando aquele cabra arteiro e todo cheio de teoria. Nessas horas eu pensava: que bom que ele não foi além da cartilha porque aprendeu tudo o que sabia na rua ou da boca da avó, uma preta braba de olho verde. Se tivesse tido estudo, ia ser só mais um entre mil.

A verdade pura é que por enquanto vou me mantendo inteiro, Sr. Presidente. Nem alto nem baixo, a cabeça branca e o olho preto (os dois), gosto de camisa de linho azul claro e calça de algodão cru. No guarda-roupa, tenho um terno preto para o enterro, camisa branca e uma gravata ciclame que herdei de alguém que já se foi. Calço alpercata de couro trançado pois assim o mais desavisado pensa que é sapato. Isso porque sempre tive calor nos pés e preciso de brecha de refrigeração, especialmente agora depois que os dedos começaram a pinicar e o calcanhar a esquentar que nem motor de Ford Bigode. Para seu bom governo, só fui botar um calçado de couro no natal de quando a guerra acabou, e eu já ia pelos 14 anos. Mesmo assim não aguentei e voltei para o sítio depois da missa do galo com o par nas costas, segurado pelos cadarços.

Dizer a V. Ex a. que sou um homem feio é assumir culpa pelo motivo errado. Já agradei a muita mulher, mas isso foi ficando lá atrás. As que se embeiçaram por mim do milênio para cá, já não viam Agenor, o homem de rude ternura, como disse uma, mas Agenor, o dono da Agronegócio & Participações Dias da Silva, nome de minha empresa, uma invenção do contador para pagar menos imposto. Aí quando o interesse que a gente desperta na outra parte pende só para o bolso, a coisa perde a graça e é melhor mesmo morar só, decisão de que não me arrependo.

V

Para ser bem sincero (a sinceridade é a qualidade que seu criado aqui mais admira), não sei se esta carta vai atravessar o mar e chegar até V. Ex a., mas prefiro acreditar que sim, apesar de que o correio brasileiro, que já foi bom, trabalhar devagar como uma lesma da Bahia. Mas como V. Ex a. sabe, desde o escrivão Caminha (que pegou o ditado de Cabral ainda na caravela, de olho espichado para as índias de Porto Seguro), a correspondência cedo ou tarde tem aportado ao destino. Por que seria diferente com a nossa? Se uma coisa aprendi na vida, é que não custa nada ser otimista. O que é ruim, e que acaba com a reputação, é ter aquela leseira de quem acha que pode carregar um balaio pesado e, todo ancho, bota a rodilha na cabeça. Chegada a hora de subir a carga, a força do braço não aguenta e o cabra fica desmoralizado, com cara de tacho.

Quem começou lá no andar de baixo, Sr. Presidente, sabe que a frouxidão não tira ninguém do lugar e que pobre covarde, é pobre para sempre. Salvo se ganhar na loteria. Aliás, como nunca joguei, considero que todo dia ganho um prêmio. Com esse tiquinho bem aplicado, daria para comprar uma fazenda das boas. E quem lhe garante que não comprei? Mas vamos voltar à carta que V. Ex a. tem na mão, antes que eu me perca com tanto parêntese, uma mania que é comum em minha terra de mais história falada do que escrita.

Tenho uma filha, sobre quem vou lhe falar um pouco quando a hora chegar, que insinuou que não lhe escrevesse.

E danou-se a botar gosto ruim na empreitada: "É perda de tempo, pai. O relógio não obedece a um Presidente. Se ele dedica meia hora que seja a uma carta, é meia hora que tira de atendimento ao povo."

E, com alguma razão, disse que V. Ex a. tinha coisa mais importante a fazer.

Foi então que me defendi: "Quem disse que minha carta não trará bem ao povo português? Primeiro, você nem sabe direito o que eu estou escrevendo. O que eu posso adiantar por enquanto, é que o Professor Marcelo vai ficar de queixo caído quando ler o documento. Mesmo um político experiente como ele, que vive cercado de assessor e conselheiro diplomado, vai reconhecer a importância da carta. Pode ser até que ela vá parar um dia num museu. Depois, não é possível que ele não tenha um tempinho para espairecer o juízo numa daquelas praias de água gelada que eles têm por lá."

E dei o assunto por terminado.

Sem se dar por vencida (nesse ponto ela puxou a mim), voltou à carga com uma história de que era melhor mandar o que quer que fosse pelo correio eletrônico.

"Não, senhora, isso não. Não quero minha carta misturada com aquela tulha de propaganda de remédio para ereção e de elixir contra a careca", de que, aliás, tenho certeza que V. Ex a. não está precisado. De minha parte, não acho sábio lutar contra a natureza, o que quer dizer que ainda me sobra algum cabelo e uma réstia de disposição.

E-mail uma ova! Aliás, Presidente, meu neto falou que a moda agora é dizer mentira nessas geringonças e espalhá-las mundo afora como se fosse farinha no ventilador. Pietro diz que basta pagar um sorvete para um adolescente e ele faz meio mundo acreditar que Pelé sempre foi branco e que Trump sabia ler. Comigo isso não vinga porque faço uso cuidadoso do computador, sempre assessorado pelos mais jovens. Depois, Prof. Marcelo, sou mesmo homem das antigas. Como minha filha está cansada de saber, aprender a escrever no teclado foi um feito em minha vida. Deu tanta alegria quanto tanger minha primeira boiada entre Brejão e Garanhuns, onze cabeças de gado pé-duro com que comecei a vida.

De mais a mais, gosto de encarrilhar uma palavra atrás da outra, e ver no que vai dar no fim. Depois de ter a carta pronta, aprecio botar as folhas no envelope e escrever com meus dedos para quem e para onde ela vai. Era assim que se fazia nas casas de comércio de renome do Recife. Com timbre no cabeçalho, selo colorido no papel pardo, uma cola grudenta da Arábia que deixava o caboclo zonzo, e um carimbo que dava o serviço por feito. Pois é, teimosia é comigo mesmo. Um homem que recua diante do primeiro *não*, não vai saber nunca o que são as grandes alegrias dessa vida, em que nada de bom começa com um *sim*, tirando o casamento e olhe lá.

VI

Aqui já é outro dia. Li em voz alta o que saiu até agora e me agradou. Em momento nenhum fui falso ou pernóstico. E atravessei o mais difícil que é desembuchar e sair do zero. Falando da quebra de braço com minha filha, e sobre essa maneira que cada um tem de ser, vou logo confessar uma coisa de minha natureza, mas não é para V. Ex a. ficar chocado, não.

A maioria das pessoas que me conhecem, ou acham que me conhecem, pensam que tenho a alma meio embrutecida. Talvez por esse meu jeitão de bicho do mato, sem maior polimento, de quem não foi à escola desde menino. Não que eu seja uma lixa, desse tipo de gente grossa que nem papel de embrulhar prego. Não chego a tanto. Ocorre que nem tenho paciência para muito tró-ló-ló. Quem nunca esteve comigo, mas que ouviu falar de mim aqui na região (não vou dizer no país porque aí seria gabolice), vai dizer a mesma coisa, qual seja, que este agrestino do couro duro que vos fala tem uma pedra no lugar do coração. Eu sei a razão pela qual eles recitam essa aleivosia desaforada e, se tudo correr bem, na hora certa V. Ex a. também vai saber.

Mas eu, o que tenho mais a dizer sobre mim? Nada, Excelência, mesmo porque não tenho apreço por homem que fica falando dele mesmo, e abrindo o rabo que nem pavão embeiçado pela pavoa. Homem tem que ser reservado e mostrar a que veio na hora *agá*. Nem antes nem depois. Sei que nem todo mundo pensa como nós, o que é uma pena.

Isso tornaria a vida mais fácil e objetiva. Mas aí entra a tal história: o que seria do roxo se todos gostassem do encarnado?

Aliás, aqui como aí, tem médico que é até muito bem pago para atender um magote de gente rica que gasta o valor de um novilho para ficar lá, espichada, falando da vida. Uma conhecida que fiz num cruzeiro contou que esse ajutório foi muito bom para ela quando enviuvou. Tinha até sofá no consultório do doutor, avalie só. Então ele baixava a luz e a música, e ela começava a falar do que tinha comido, se tinha dormido, se continuava com a dor no espinhaço, sobre o rumo do inventário e até dos filhos. Onde já se viu...

"A senhora não tinha vergonha de falar essas intimidades para um estranho, não?" Perguntei e logo me arrependi porque ela arregalou os olhos, virou-se para mim e disse, devagarzinho, estalando a língua: "Muito pelo contrário." Farejei um pouco de safadeza no ar, mas deixei de lado porque não era de minha conta. "Até o senhor devia tentar." Respirei fundo e respondi: "Agradecido, já me basta o fisco que quer saber de mim mais do que eu quero dizer. Me dê sua licença." Era o que me faltava.

VII

Aliás, se V. Ex a. quiser avaliar o buraco que é a alma humana, mais do que já deve ter aprendido na faculdade, resumo no seguinte: pouca gente sabe diferenciar o bom do mau. Ou é o bem do mal? Tanto faz, qualquer um serve. Se tivessem trabalhado com estiva ou comprando boi, ia ser mais fácil porque é uma labuta que ensina o vivente a se virar. Se não aprender logo, quebra na emenda. Mas conhecer como funciona a cabeça humana é mesmo um mistério. Não sei por aí, onde a civilização é mais adiantada, mas por aqui de vez em quando sai no jornal uma notícia sobre um arranca-rabo entre marido e mulher, e um diz do outro para todo mundo ouvir: "Só fui conhecer com quem vivi vinte anos, quando chegamos no tribunal." E tome pedido de milhão. Teve o caso de uma mulher que achou de pedir um bilhão ao ex-marido. O juiz disse *não* e acho que ele fez o certo. Desse jeito todo mundo vai querer ir embora porque separação vira investimento. Já pensou no perigo? De minha parte, avalio bem quem presta e quem já nasceu torto e não tem conserto.

Feito este aquecimento, acho que está na hora de V. Ex a. saber de uma história. Não quero parecer um desses velhos derretidos que se emocionam a três por quatro com bolero mexicano. Mas acredito na emoção sincera. Minha neta, que já leu tudo nessa vida, disse uma vez que quando a cabeça diz *não* e o coração diz *sim*, a resposta é *sim*. E que nunca se deve contrariar o que o coração manda, mesmo se a cabeça estiver em desacordo. Sei que isso é só uma teoria e tem muita exceção à regra, a começar pela pecuária. Ninguém compra ou vende boi com o coração. Mas alguma coisa dentro de mim acha que devo contar o que segue.

Em junho de 2017, estive em Portugal, perto de Coimbra, onde mora minha filha. Ela pediu que não falasse da vida dela para ninguém, muito menos para V. Ex a., que é o soberano dela, e vou respeitar o desejo porque já é uma mulher crescida e eu não sou de escancarar a intimidade alheia, especialmente a dela que, como todo mundo, cultiva lá dentro um jardim secreto. É direito.

Nessa época, aconteceu um incêndio dos infernos em seu País, V. Ex a. está lembrado. Nunca imaginei que um lugar tão pequeno (só em território, não me entenda mal) pudesse ter tanto especialista em incêndio de floresta. Eu passava o dia abestalhado diante da televisão, só ouvindo os doutores falarem de tempestade seca, do perigo dos galhos no chão, da velocidade do vento e do diabo a quatro. Parece que o fogo correu mais veloz do que a má notícia. No dia seguinte, a roupa do varal de casa estava com uma camada de fuligem que dava pena. Mas foi então que vi V. Ex a. na televisão, Prof. Marcelo. Olhe, Presidente, posso ter meus defeitos, mas sei reconhecer um homem probo, e sei quando o dito cujo tem boa alma. Vendo V. Ex a. ali em ação, alguma coisa mexeu comigo. V. Ex a. abraçava viúva, consolava socorrista e só faltou encher um balde e partir para o combate direto da labareda. Vendo a cena, me subiu um nó na garganta, a vista embaçou e, como eu achava que estava só em casa, deixei que a lágrima pingasse e escorresse, fazendo pinicar a bochecha.

Quando minha filha Hermínia (nome estranho, reconheço, mas era o de minha madrinha que me criou até os 12 anos), repito, quando ela entrou na sala trazendo um café de máquina, meti a mão no bolso para pegar o lenço, mas aí já era tarde. "O senhor está chorando, pai?" Eu disse que estava só lacrimejando por causa daquele ar seco do tinhoso. Mas acho que ela percebeu minha fraqueza e deve ter pensado que era uma espécie de caduquice de velho. Aliás, se voltar a Portugal um dia, vou evitar viajar no meio do ano. Dizem que outubro é bom. É verdade?

VIII

Importante é que daquela época do incêndio para cá, Presidente, de vez em quando me pego pensando em como um governante de bem é valioso para seu país. Tive um gerente assim, um cabra calado que trabalhou na empresa desde o tempo em que eu ainda não tinha achado o prumo, e lá ficou por mais de quarenta anos. Era alguém a quem eu confiava a vida, sem pestanejar. São pessoas de grandeza. Até político pode se salvar e aí está V. Ex a. que não me deixa mentir.

V. Ex a. sabia que a rainha da Inglaterra dirigiu ambulância na guerra? É claro que ainda não era a velhinha de chapéu florido que a gente vê hoje no casamento dos netos. O que só valoriza o gesto porque ela colocou em risco a juventude, quando a vida de realeza podia nem ter começado. Está dita, portanto, a razão de minha simpatia por sua pessoa.

Essa minha carta talvez seja histórica. Não se compara à do velho Getúlio Vargas, em que ele se despedia do povo antes de se matar. Mas não tem a vigarice daquele pedido de dez dólares que Fidel Castro mandou para o Presidente americano quando tinha 14 anos, em que prometia dar como compensação pela propina a localização do minério de ferro de Cuba. Veja só como um comunista de fé pode ser precoce. Já a minha carta, Prof. Marcelo, pode sim mudar o destino de nossos povos. E quase nada pede em troca, só o reconhecimento de direito ao que já é de fato, como diz o dr. Orestes, que me orienta na escrituração.

Como Vossa Excelência já viu, o assunto aqui é para autoridade graúda, mas no meu caso a gente tem que ser um pouco valente, esquecer a própria pequenez e botar a boiada para cruzar rio de piranha. E se tiver que perder uma rês, que seja um boi velho e descarnado, gado indiano estropiado, mas nunca suíço ou francês. No caso presente, o chamado boi de piranha sou eu mesmo e assumo.

IX

Dei uma olhada no rascunho, pedi que uma amiga entendida verificasse se tem vírgula de mais ou de menos (é a pior parte da língua, não sei se V. Ex a. concorda, mas é mais difícil do que botar acento) e ela disse que eu podia continuar. Mas recomendou que eu falasse sobre o que quero da vida daqui em diante. Desconfio que esse pormenor seja mais do interesse dela do que do nosso, mas vamos lá.

A verdade é que não estou nem um pouco disposto a morrer agora, no que depender da vontade. V. Ex a. vai me perguntar: mas o que será que faz o Agenor para ficar tão rijo com essa idade toda? Nada de especial, mas talvez tenha um segredo que vou dividir com prazer. Passei muita fome na infância, Presidente. Tinha dias em que era só uma papa de araruta e uma carambola verde que eu achava no pé. Até hoje, só de ver jaca me dá um arrepio e sou incapaz de comer um bago. Pois tempos houve em que era jaca de manhã, ao meio-dia e no entardecer, e a única variedade era a dura ou a mole, pois nem doce no tacho a gente podia fazer, por falta de açúcar e de uma boca de fogo. Mas foi uma provação que vejo hoje como educativa, se quer saber.

Quando veio o tempo da fartura, lá pelos idos dos anos 60, já com um Aero Willys na garagem, um trancelim de ouro puro no pescoço, uma amásia de casa montada e até a primeira geladeira em mais de dez léguas de raio, eu já estava acostumado a comer pouco, o que é uma vantagem. V. Ex a. acha que um homem pode chegar à minha idade se pesa oito arrobas e mal passa pela porta? Não chega, o relógio para antes. Quando menos esperar, de jornal na mão, arrotando seu cozido, cai duro na alcatifa de olho vidrado e não há choque que ressuscite o caboclo.

Aliás, saiba V. Ex a. que também gostei de vê-lo elegante e bem cuidado na televisão. Hermínia me disse que V. Ex a. apareceu dia desses tomando banho de rio, e só acreditei quando recebi a foto. Sem querer falar mal de seu País, pelo contrário, é uma façanha não ter um bucho pendurado na cintura, num lugar onde todo mundo se levanta da mesa depois do leitão do almoço, já combinando onde vai engolir o cabrito do jantar. Não deixa de ser o preço da prosperidade, vendo o lado bom. Mas comida de mais faz tanto mal quanto comida de menos. Como arrimo de família que fui, percorri o Nordeste todo fazendo negócio para ver se ajudava pai a criar meus irmãos de parte de mãe e uns tantos que ele foi fazendo porque em matéria de emprenhar mulher nova, Salustiano da Silva era expedito, como dizia minha madrinha Hermínia, que Deus a tenha bem ao lado e a trate com consideração.

X

Estudo que é bom, vou ser sincero, só tive depois de mais velho e me contentei, até quase os 20 anos, com a tabuada e a leitura arrastada, que só foi destravando devagarzinho, como já adiantei, mas não canso de repetir. Aí quando começaram a botar Brasília de pé, farejei a chance de ganhar dinheiro grosso e parar com aquela vida de saltimbanco, vendendo gado ali, comprando mamona acolá e coletando pele para abastecer os curtumes. Cheguei à futura Capital Federal por baixo, mas já na inauguração, ia bem melhor.

Naquelas noites de mosquito e trovoada, via o Presidente Juscelino percorrer os canteiros com a equipe de construção. Que presença, viu. Apertei-lhe a mão uma vez e ele perguntou meu nome. Na saída, depois de falar com mais de cinquenta homens, ali onde hoje fica o Senado Federal, ele olhou para mim com aqueles olhinhos apertadinhos e disse: "Parabéns, Agenor." Não é que o danado lembrava de minha graça? Vi naquilo um sinal de que uma hora minha boa estrela ia brilhar.

Quando esse homem morreu (e da forma como morreu), foi como se um parente tivesse ido embora. Um agrônomo metido a sebo insinuou que o Presidente Juscelino tinha ficado rico com a construção de Brasília. Meu sangue ferveu tanto que dei-lhe um tabefe tão forte na orelha que o bicho embolou pela terra. "Lave essa boca nojenta com creolina antes de falar de quem você não conhece, seu cabra." Depois vi que era errado fazer o que fiz, mas então já era tarde. É que naquela época um homem leviano não se criava. Ele ainda trabalhou no posto da pecuária um tantinho, meio ensimesmado, e se foi para outro emprego. Deve ter aprendido a lição e eu também. Tem vez que é melhor matar do que humilhar, se bem que a humilhação para uns pode ser uma espécie de morte.

Posso até não gostar do que Brasília trouxe ao Brasil porque juntou a fome com a vontade de comer, se é que V. Ex a. vai entender esse dito popular daqui. Mas ali aprendi a distinguir um estadista, um homem grande de um frouxo. JK (era assim que era conhecido) era um pouco que nem V. Ex a. Não sei se também é namorador e pé de valsa, como dizem que ele era. Mas parecia não ter medo das pessoas nem vergonha de rir. Nunca consegui ser assim. Mesmo depois de ter prosperado, foi só o que me faltou. Mas sempre invejei quem tem o dom do riso frouxo.

Saber rir é como já nascer rico.

XI

Acabo de reler o que escrevi e confesso a V. Ex a. que tive vontade de apagar tudo e esquecer a empreitada. Quer saber por quê? Ora, como é que um homem que diz de cara que não gosta de falar de si, gasta três folhas contando façanha e trombeteando o que fez e o que deixou de fazer? Que cavilação!

Mesmo assim, decidi retomar porque insistir é de minha natureza, ou pelo menos é assim que gosto de me ver. No dia em que abrir mão da peleja, chegou a hora de ir para o país dos pés juntos, do outro lado do muro do campo santo. Veja bem, Excelência, não sei se tem filhos. Eu tenho três. A filha que vive aí em Portugal, de quem já lhe falei um pouco. Espero que não me peça detalhes, mas ela divide a casa com uma amiga de quem foi aluna. Preferi nunca entrar no quarto dela, se é que me entende. Na idade que tem agora, já não vai arranjar marido. Aliás, ela nunca se interessou em ter um, mesmo quando ainda era mais jeitosinha, apesar da pisada meio dura. Agora ficou cadeiruda e está com uma peitama de vaca turina. Melhor deixar como está. O negócio de Hermínia é pintar. Pinta o dia todo e leva o cavalete no carro para subir a serra ou descer até o mar. Como nunca soube na vida o que é uma promissória vencida ou um título protestado, não se preocupa sequer em vender os quadros. Acho eu que ainda está aprendendo e, cá entre nós, usa muita cor e não desenha nenhuma figura. Uma vez achei que vi um gato do mato, tipo uma jaguatirica, mas ela riu e disse que era só uma mancha de tinta amarela. Está certo, o quadro é dela.

Tenho ou tive (ou vou ter para sempre, nunca sei como dizer) outro filho. Este, dito Genaro, faleceu aos 26 anos. Prefiro não me estender muito porque isso vai tirar o trem do trilho e a gente pode não chegar à estação. Fica para depois, se for o caso.

E tenho outro filho que é um bom homem, talvez um pouco gordo, de mais de 50 anos, também de nome Agenor, que me deu um casal de netos meio estrangeirados e, recentemente, uma bisneta que é um primorzinho de ternura. Na minha imaginação, ela é parecida com minha mãe. Foi numa conversa com ele, Agenor Dias Filho (ele não usa o Silva, o que é uma bobagem, pensa que se diminui. Em Portugal, tem muita gente de sobrenome Silva, e aí pode ser também nome de rico), que ele disse que queria entrar na política. Fiquei mudo, não nego que foi um choque, mas me fiz de distraído, só esperando que ele avançasse. Então, ele se explicou. Disse que pela natureza dos negócios, que é o de distribuição de bebidas num território que é quase metade do português, ele foi tomando apetite pela tal participação (que sempre achei uma coisa meio comunista, mas que pode não ser, vide os americanos), até mesmo por pensar no bem da família, essa coisa toda. Como isso aqui normalmente é introito de conversa de cabra sem vergonha, que anda buscando um expediente para se livrar do braço da lei, fiquei quieto, tentando descobrir aquele novo Agenor que tentava sair do casulo. Será que o desgraçado tinha me enganado aquele tempo todo?

Ora, Prof. Marcelo, V. Ex a. é muito educado para admitir o que vou dizer, mas sabe perfeitamente que o Brasil é um País destrambelhado, e que nunca esteve no bom caminho.

A gente aqui teve alguns surtos, avançando na base do sopapo, mas a vontade de fazer disso um Nação de vergonha nunca existiu. Parou com a diarreia do príncipe português na beira do riacho há uns 200 anos, e com o tal grito do Ipiranga que nem sequer aconteceu de verdade, me desculpe a sinceridade. E a política sempre atraiu por aqui muita gente ordinária até nos tempos de JK, acredite se quiser.

Deixei então que Agenor Filho falasse porque se ele tivesse que se enredar numa história nebulosa, ele ia entregar o jogo sozinho. Enquanto deitava falação sobre renovação, um bocado de sigla, cá fiquei eu com a pequenina Eleonora no colo. Os cachinhos dourados dela tinham um perfume mimoso que eu não queria que fosse embora. Então quando ele se calou, eu perguntei do que precisava para se candidatar, já que tinha tanta certeza sobre tudo.

"Está esperando o quê, rapaz? Pode ir para Brasília e bote sua vida a perder porque ela é só sua. Só deixe Eleonora comigo aqui", disse assim para espairecer, para parecer meio caduco. Ela riu como faz toda vez que digo o nomezinho dela, toda ela inocência.

"Sabe, meu pai, o lamaçal é grande. Propor só reforma é chover no molhado. A gente precisa é de um sacolejo grande, de um estouro - BUM - , de alguma coisa que mude tudo. O Brasil precisa dar uma virada séria porque o mundo disparou na frente e a gente ficou comendo poeira no segundo pelotão. O que é pior, sem sonho para sonhar."

Não sei se foi por Eleonora, pelo espírito de natal ou porque me tornei um sujeito mais tolerante, mas fiquei apiedado daquele homem de valor, um pouco sentimental demais, é verdade, mas que criei para ser grande. Percebi que não era embromação porque farejo a safadeza de longe. Entrei no jogo, colocando um pé na água fria para ver se cabia botar o segundo.

"E você queria o que, seu doutor? Que a gente virasse chinês do dia para a noite? Não te ensinaram isso nos Estados Unidos, que cada povo tem sua feição? Ou eles acham lá que todo mundo pensa igual no mundo todo? Americano é bom porque é determinado e foi criado para achar que perder dinheiro é uma imoralidade, no que está certo. Mas pode também ter pensamento meio infantil, homessa! Acorda, rapaz."

Respeitoso, ele silenciou, pensou e disse mais ou menos assim: "Não se trata de querer virar o que a gente não é, pai. Trata-se de tirar o melhor do que a gente podia ter sido. A gente só consegue se realizar sendo o que nasceu para ser." Empaquei. Nisso ele estava certo. "Porque a continuar do jeito que vai, vendo a distribuidora, guardo as fazendas, reparto o dinheiro e vou viver de renda na Flórida no bem bom." Em outros tempos, Presidente, eu teria gritado: "Deixe de dizer besteira, rapaz, isso é lá uma saída que se preze? Isso é pabulagem de comodista para fugir do trabalho e ficar se empanturrando de Coca Cola à beira da piscina." Mas dessa vez foi diferente. Me dei conta que aquele homem não era mais menino. E como pai, avô e bom patrão, tinha também o direito de fazer da vida o que bem quisesse, como fez a irmã e eu próprio. Decidi ajudá-lo, daí meu pedido de orientação, Presidente.

Então, repito a pergunta, Prof. Marcelo: Portugal aceitaria o Brasil de volta?

XII

Veja bem, Excelência, se a ideia é boa ou não, deixo a seu juízo. Converse com os ministros do gabinete e, se for o caso, com aqueles arruivados da Bélgica que decidem quem pode casar com quem, com que se pode gastar o euro ou não.

Li que um deputado lá da Holanda disse que os do norte davam duro para vocês do sul torrarem tudo na esbórnia. Foi um fuzuê dos diabos só porque o gringo disse uma verdade que muita gente pensa no bar e pouca gente tem coragem de dizer no microfone. Não digo que este seja o caso de Portugal. Mas quem já foi à Grécia diz que os funcionários públicos lá trabalham do meio-dia às duas, folgam três vezes por semana, têm dez semanas de férias pagas por ano e saem para a festa toda santa noite. Chegam a quebrar prato no chão e tocar fogo na camisa, de tão carburados. Mas vamos cuidar de nossa vida, Prof. Marcelo, e deixemos os gregos para os alemães.

Se V. Ex a. nos aceitar, a primeira coisa que a gente faz é suspender os preparativos das comemorações dos tais 200 anos de Independência, em 2022. Daqui para lá, mesmo que eu não esteja mais vivo, V. Ex a. vai estar bem. E a pequenina Eleonora estará no viço dos 6 aninhos. Cancelar a festa por quê? É simples. Que danada de comemoração é essa se vocês estão aí nadando de braçada nesse piscinão europeu, e a gente está aqui servindo de bóia de salvação para os venezuelanos? Ou então escravizando os coitados

dos bolivianos que trabalham por vintém em socavões de São Paulo?

Não que eu ache que seja errado ajudar a quem precisa. Uns desalmados ficam dizendo que se não há emprego para o brasileiro, por que atrair para cá os infelizes da vizinhança que dormem em ninho de barata e comem ratazana no espeto? Pois já eu acho que nem tudo é aritmética e que faltar com a solidariedade é coisa de alma ordinária, que não vale o que defeca (perdão). Digo isso porque não quero que V. Ex a. pense que sou um tabaréu deslumbrado que só vê o lado bom. Se fosse assim, não teria chegado onde cheguei. O realismo é a alavanca de quem quer crescer. Apesar de as oportunidades só terem aparecido mais tarde, rodei um pouco de mundo, sei que nem tudo o que reluz é ouro e ai do desgraçado que não der a mão a um desvalido porque nas voltas que a vida dá, uma hora a vez dele também vai chegar.

Vou até contar uma história curta a respeito, sem sair muito do tema. Uma vez estava em Barcelona perto do natal. É que já viúvo, tinha conhecido uma senhora fornida de carnes e muito risonha, que tinha um negócio de panificação num estado vizinho daqui de baixo. Digo isso porque sempre gostei de mulher que sabe dar valor ao dinheiro e que não acha que ele cai do céu feito cocô de pombo, se me permite a comparação. Aliás, digo sempre que a melhor forma de avaliar os princípios de uma mulher para com as finanças é ver como ela espreme o tubo de pasta de dente. Se ele estiver amassado no meio, é muito mau sinal, é mulher de desperdício. Se ele está apertado na ponta, ela tem potencial. Mas quando quase não há mais pasta e ela ainda acopla um grampo de cabelo para não desperdiçar aquele restinho, é uma miss digna do altar.

Pois bem, enquanto ela comprava uma lembrança, sentei nas tais Ramblas e tentei ler um jornal deles. O que entendi, estragou a festa. Na primeira página, tinha uma foto de um bote de borracha onde mais de cem pretos olhavam a câmera com ar assustadiço, coitados, de quem está se pelando de frio, fome e medo.Vinham do Marrocos, mas eram da África lá de baixo, depois do deserto. Um velho apontou o retrato e parece que leu meu pensamento: "Veja isso, meu senhor, e nós aqui pensando em comer mariscadas de cem euros. Que natal é esse, hein?"

Foi um choque. À noite, eu estava acabrunhado no salão todo decorado de bola natalina.

O que estou querendo dizer é que sei que a prosperidade de Portugal vem do duro que seus patrícios deram nesse mundão, quando a gente por aí andava de bucho colado nas costas de tanta privação. Não foi assim?

Soube que hoje tem português até no Canadá e na África do Sul. Na França, tem um que manda numa fábrica de carro. Lá se foi o tempo em que português era só taxista e dono de padaria.

Sei também, Presidente, que a Europa não é um clube de grã-fino. Tem cigano, tem mouro para dar com o pau, tem aquele povo da Turquia que força a porta com pé-de-cabra e até os que já preferiram sair para não dividir a conta. Na hora do rateio, o inglês parece que tem um escorpião no bolso, já percebeu?

Mas sei que Vossa Excelência tem de levar a ideia para seus colegas da União Europeia. E seria ruim que aparecesse lá para anunciar nossa união como um noivo que desembarca sem dote. É aqui que podemos estudar um quinhão que lhe levante o moral abalado.

Cá entre nós, Prof. Marcelo, chega de Presidente cabisbaixo e desmoralizado. Aqui, como V. Ex a. deve saber, onde nunca se pensou em ver um deles na cadeia, a regra já foi quebrada. Sei que vocês também tiveram um figurão bem enrolado por aí, que também andou vendo o sol nascer quadrado. Vamos dizer que isso é coisa da natureza humana e não enxerga a patente do infrator.

Enfim, é passado, e quero mesmo é que V. Ex a. defenda o Brasil desse destino de país da meia furada, o que minha madrinha dizia que era o que podia ter de mais vergonhoso num homem. O Brasil hoje deixou de ser aquele lugar atraente de que o mundo todo falava. Tiramos o sapato e todo mundo viu pelo buraco do tecido o solado do nosso pé encardido.

Aceite nossa gente de volta como aceita a vossa própria, Prof. Marcelo. É o que Agenor Dias da Silva pede humildemente aqui.

XIII

Sr. Presidente, é claro que V. Ex a. não ia saber disso se eu não lhe contasse, mas tem para lá de mês que não escrevo uma só linha, me perdoe.

Achava até que já tinha perdido o arquivo de tanto escondê-lo do bisbilhotar alheio, pois afinal é um tema de impacto internacional. Mas meu neto Pietro, que viveu a mocidade nos Estados Unidos e até robô sabe fazer, achou os escritos numa tal nuvem, não me pergunte qual. Dela não caiu água, mas a danada cuspiu de volta essa conversa toda. Fiquei aliviado.

E por que tão longa interrupção, V. Ex a. deve estar se perguntando. Será que meu empenho em dar uma ideia transformadora para meu filho tinha morrido? Será que aquele desabafo que eu tinha feito me fez sentir vergonha da ousadia? Não foi isso, não. Ocorre que não andei muito bem de saúde. Tive que passar internado uns dias e queriam me botar uma tal válvula no coração. Quando eu perguntei o risco de não fazer a operação, já que tudo o que eu não queria era ficar no hospital com a titela rachada que nem arribaçã frita, vi que um médico olhou a cara do outro e nenhum achou nada que valesse a pena dizer.

Devem ter ficado sem jeito de falar e desconversaram com o de sempre: "Seu Agenor, se o senhor não fizer esforço, se tomar seus remédios na hora certa, se evitar o sal e o açúcar...." Enfim, aquela cantilena que é mais velha do que andar para a frente.

Das três, uma opção é a certa: ou estou desenganado; ou o risco não é tão alto quanto eles quiseram dar a entender, ou então eles viram que eu não estava disposto a vender uma boiada para pagar o tantão que iam pedir por um tantinho mais de vida. Para quem vai chegar em breve aos 90 anos, que sobrevida eles podiam prometer? 10%? Nada mal, aqui é uma gorjeta que nem todo garçom merece. 5%? Mas em que condições? 3% de prorrogação já seriam ótimos, mas sei que está além deles garantir a hora do embarque. Que a passagem já está comprada, disso não tenho dúvida.

Mas não foi só a internação que contribuiu para o longo intervalo. Um vizinho de condomínio de meu filho foi esquartejado pela família, jogaram o homem numa cacimba de cal e isso abalou meia cidade. Todos na família ficaram chocados. Barbaridades assim são corriqueiras, como V. Ex a. deve ler ou ouvir de seu embaixador.

O Brasil anda que é uma provação, Prof. Marcelo.

Já disse que não sou de melindres e tenho estômago forte. Não tenho vergonha de confessar que até um bico de coveiro eu já fiz. Foi lá em São Bento do Una, por ocasião de um calote que levei de um devedor sem pressa nem juízo. Sem um cobre para a pensão, dormi no cemitério. Despertei com um cortejo plantado na minha frente, com uns engravatados carregando um caixão de rico. Como o titular da posição tinha tomado uma carraspana de véspera e não compareceu ao serviço, lá fui eu me habilitar a acomodar o defunto na cova como se outra coisa não tivesse feito na vida. Com a gorjetinha da viúva, tomei um café forte e fui atrás do devedor que levou um susto da desgrama quando me viu. E que, à custa de minha capacidade de convencer um cabra teimoso, me deitou na palma da mão até o último tostão que devia. Guardei a peixeira e nunca mais voltei lá apesar das moças bonitas dessa cidade pernambucana, porque se voltasse era um homem morto. Por que conto esse pormenor, Prof. Marcelo? Porque venho de tempos em que o sujeito tinha que ser cascudo para impor suas regras em terras sem lei. Mas a vileza do comprar por comprar qualquer badulaque, ainda não tinha levado os meninos de família a espancar as velhas na rua por conta de quererem a todo custo um telefone celular novo, que elas, coitadas, não podem comprar, como anda acontecendo hoje.

A violência por aqui é de dar nojo. É mais vergonhosa do que a de muito país em guerra. Um país em guerra pelo menos se rebela por uma causa. Religião, fronteira, riqueza, honra ou o que for. Aqui não, tudo é consumo. O ladrão mata um pai de família para lhe roubar o relógio, infelicita a vida de dez pessoas para sempre, vende o roubo no dia seguinte por qualquer tostão, e, na outra semana, recomeça tudo. Até o dia em que o desgraçado amanhece num matagal com a boca cheia de formiga e então um monte de gente vai cair de pau na polícia falando em execução. É uma tragédia e uma vergonha. Mas vamos falar de coisa melhor.

Depois do problema do coração, foi a hora de ver a Copa do Mundo porque posso não ser o filho favorito de Deus, mas que também sou filho dele, devo ser. V. Ex a. deve ter feito a mesma coisa aí em seu palácio, tomando seu copo de vinho e levando as mãos à cabeça. Até Eleonora parecia entender nosso aperreio com a pontaria errada desses jogadores.

Nossos times (ainda separados, talvez pela última vez) não foram nenhuma maravilha na Copa e eu mesmo não esperava muito, não. No caso de vocês porque dependiam de um rapaz que joga por um time todo, que meu neto falou que não nasceu sequer aí, mas na ilha da Madeira, o que, pensando bem, deve dar no mesmo. Deve ter sido uma colônia como o Brasil, só que uma colônia mais esperta que nunca quis se separar. Estou certo?

Já a gente aqui perdeu a Copa por duas razões. Primeiro porque os outros times também jogam bola, o que o brasileiro tem dificuldade de entender. Quando perde, nunca é porque o outro jogou melhor, é sempre porque o Brasil jogou mal. Que doença.

Segundo porque o técnico daqui estava mais para padre do que para general. Nem coronel seria. Sabe um homem cheio de fala mansa, com aquele riso de donzela no altar, e que gosta de falar de jogo de bola como se desse aula de inseminação de vaca? Pois pronto, é ele. Mas aqui nessa terra a gente chegou a um ponto em que basta saber que o cabra não é ladrão para ser querido pelo povo. Foi um raro caso de técnico eliminado e prontamente perdoado. Para mim, o defeito dele (Tite, de nome verdadeiro Adenor, parecido com o meu) foi não encostar no magrinho, pegá-lo pelos ombros e dizer: "Ouça, rapaz, mesmo que você apanhe mais do que ladrão de cavalo, fique de pé. Caia, se levante e engula a dor. Faça isso por mais cinco anos e vai ganhar tudo pela frente, seu abestalhado." Mas, não. O técnico queria mesmo era falar de espiritismo, companheirismo e insistir na teimosia. Onde já se viu companheirismo num grupo onde cada qual tem cinco casas? Companheirismo a gente tem na hora de dividir a marmita, não o avião privado. Tite voltou de rabo entre as pernas, coitado. Por um lado, foi melhor assim. Em 2022 tem mais, talvez ele se recupere. Espero ainda estar por aqui.

Apesar do fracasso, gostei de ver a Rússia, Presidente. Quando fui lá, em 1988, foi para tentar vender gado de pé e o povo ainda vivia meio ensimesmado. Mas agora parecia melhorado, menos carrancudo, sei lá. Até Putin sorriu com aquela bochecha espichada. Aquilo para sangrar um é como quem vai ali e já volta. É tão natural quanto ir comprar um pacote de cigarro na esquina. Já percebeu como ele anda? A mão direita não desgruda da coxa, só o braço esquerdo balança. É o cacoete de ter que sacar a pistola no meio da barafunda, e mesmo com a bala comendo no centro, ele ainda dá um jeito de plantar uma azeitona no meio da testa do inimigo. É meu palpite de que ele ainda vai espichar o olho para os vizinhos e abiscoitar um lambari grande.

Mas veja V. Ex a. como vamos de política nesse fim de mundo (que foram vocês quem descobriram) onde a gente vive. Tem uma crise de valor tão braba que só se falou da Presidente croata, uma loirinha sorridente, que pagou a passagem de segunda classe do próprio bolso para ir a Moscou, e saiu sapecando beijo até no francês, o Presidente vosso colega. O que isso significa? Significa que os safados daqui de Brasília espezinharam o que ainda havia de decência na política. Deu nisso. A moda agora é cobiçar a Presidente alheia. Ou o Presidente, como eu estou fazendo com V. Ex a. (agora é que percebi).

XIV

Mas então, Presidente, pensou na proposta? Decida, homem de Deus.

Queria que V. Ex a. soubesse que eu vou sugerir a meu filho que bote no contrato dois pontos de honra para tornar a decisão mais fácil. Vai como um agrado meu para V. Ex a. que foi tão paciente de me ler até agora, e é claro que a gente não voltará atrás porque sem honra somos carcarás e tudo vira conversa de bêbado.

Aqui vai: se vocês aceitarem a nossa gente de volta como portugueses e portuguesas, nós vamos banir ainda no noivado essa história antiga que ainda corre por aqui de que o brasileiro é mais inteligente do que o português. Não tivesse sido por vocês, que tiveram o colhão (que sei que vocês aí chamam de *tomate*, o que é mais suave) para desbravar o mar, quando o povo ainda pensava que ele acabava no horizonte, e que lá chegando as caravelas caíam num penhasco sem fim, pergunto: de que tamanho seria o mundo conhecido? Em quanto tempo vocês se anteciparam? Ora, se isso é ser burro, viva a burrice.

Aliás, tenho o maior apreço pelas navegações. Hermínia me falou que está tudo lá no livro do caolho Camões. O que danado tem cego para gostar tanto de poesia, homem? Só na feira de Surubim conheci uns três. Voltando a Camões, confesso a V. Ex a. que nunca consegui ir além da Taprobana. Como é que o homem se enrola tanto para contar uma história que podia ser tão boa? V. Ex a. já pensou em fazer uma edição popular em cordel? Se quiser, eu banco a conta, em nome do projeto. Vai ser o primeiro caso em que a cultura frutifica antes da criação da autarquia.

Vamos ao segundo ponto, que será eliminar essa mania brasileira de apontar tudo que é altar de igreja em Portugal e dizer para quem quiser ouvir que todo o ouro dali vem do Brasil. Que D. João VI, aquele que vivia roendo uma coxa de frango, forrou as burras na volta para casa e saqueou até o Banco do Brasil, deixando a gente de tanga. Que negócio desagradável esse de ficar berrando isso aos quatro ventos. Quem é que gosta de ser chamado de ladrão? Se pelo menos falassem baixinho.

Outra coisa que me deixa quizilado é atribuir a vocês a tradição de dar emprego público a filho, amante, afilhado e irmão só porque na tal carta de Caminha, o escrevente, o danado pedia um emprego para o sobrinho ao rei venturoso, se lembro bem. O que tem a ver o cu com as calças? E o preto com a noite de escuro? Ora, quem trouxe bagunça braba para cá foram os italianos, o povo que mais gosta de um sarapatel de leis para burlar o fisco e enganar a autoridade. Meu filho falou que é invenção do americano o tal do Estado pequeno. Mentira, eu disse. Quem gosta disso é a máfia italiana que aí se aproveita para estabelecer a própria ordem. Concorda comigo? Na Itália, dizem que vale o ditado baiano: farinha pouca, meu pirão primeiro. Como na Argentina só tem italiano, é por isso que eles não saem do lugar e vivem que nem gigolô da terra, à custa daquele pasto bonito.

Prof. Marcelo, não pense que seu amigo aqui (desconsidere a petulância de chamá-lo de amigo) tem ideias prontas sobre os povos irmãos da Europa. Ou sobre qualquer outro, mesmo os da África que, como continente, tem a fama de ser azarado por abuso de magia negra. Posso até ser meio cabeça dura para umas coisas, mas como sou um homem que não aprendeu nenhuma língua além da sua, até que fiz muito. Minha nora Raquel, mulher de Agenor, vive me dizendo que quem fala outra língua é outra pessoa. Estranhei. Mesmo que eu falasse tcheco, acho que seria o mesmo Agenor.

Então veja só. Para quem cresceu arrastando a cachorra, fui observando, observando. Observar é de graça e ensina muito. Fui à Alemanha e só comparo aqueles varapaus com os japoneses. Não fisicamente, que ainda não fiquei cego. É que o japonês tinha aquela maluquice de achar que o Imperador era Deus. E tome bomba atômica, terremoto, castigo de todo lado e o piloto amarelinho de olho rasgado se jogando com avião e tudo no terraço do navio inimigo.

Já o alemão ficou abestalhado pelo pior tipo de gente que é o tal do salvador da pátria, de quem deviam ter arrancado a cru cada fio de bigode, mal botou as unhas de fora. Mais tarde conto porque me tomei de mais raiva daquele sujeito que parece que nem alemão era. Aliás, nunca sei se era da Áustria ou da Austrália. Mas se for de onde estou pensando, melhor que um canguru de lá o tivesse nocauteado ainda menino.

Mas os dois, Alemanha e Japão, ficaram na rabeira do cometa uns anos, mas depois começaram a mandar no mundo de novo. Ao jeito deles, é claro, porque o americano também não vai dar essa canja de graça, e o chinês muito menos porque sofreu o diabo na mão do japonês que também judiou do coreano.

O mundo é assim, Prof. Marcelo, parece o fundo do mar, onde o mais forte quer comer o mais fraco.

XV

Vou confessar uma fraqueza ao dileto Presidente. Disse o que disse sobre política internacional para me exibir um pouco. Foi só uma forma de dar a entender que o portador do apelo pela reintegração desse Brasil arrependido ao convívio da mãe (ou será que Portugal é o pai?), não é só um ex-pobretão que comeu urubu sem tempero até subir na vida. Não, um pouco eu aprendi sobre o mundo.

Não que eu tenha viajado muito. Meus netos com dez anos de idade já tinham visto mais paisagem do que eu aos 50. Mesmo assim, como meu ramo era o da carne de charque, comecei a tomar a sopa pelas beiras e fui à Argentina e Uruguai. Um fazendeiro amigo pelejou para eu comprar uma fazenda no Paraguai. É um país amigo, ele disse, estamos construindo juntos a maior represa do mundo. Guardei distância. Precisava de foco no negócio e não queria me meter de novo com construção que isso é uma cachaça.

Estive na Rússia, como já disse. Era uma delegação de governo. Fui mais para assuntar, para ficar de cochicho com o pessoal da vigilância sanitária e entender o riscado. Naquela época isso era normal, não dava cadeia, como hoje. Achei o comunismo meio fraco, tanto é que caiu, mas vou dizer umas tantas coisas. Com aquele frio da bubônica, uns prédios massudos que batiam no céu, o vivente se sentindo menor do que uma taturana, o povo encapotado, muito homem trançando as pernas de tanto hidromel no quengo e umas mulheres de mocotó tão roliço que mais parecia de torno, não tinha regime que desse certo, não. Falei para o ministro daqui: “Eles não vão se aguentar por muito tempo, não. Vão abrir o bico e pedir água. Ou vodca." Foi tiro e queda.

Quando apareceu aquele careca com uma mancha de vinho na testa e aboliu o comunismo, o ministro me ligou: “Que olho o senhor tem, seu Agenor. Preciso vê-lo mais vezes para aprender sobre as coisas que não estão nos livros." A vaidade é uma besteira, mas gostei de ser reconhecido por uma autoridade. No dia seguinte, mandei levar uma caixa de carne de primeira para ele. Acho mesmo que era só isso o que ele queria porque nunca mais me consultou sobre política internacional.

Mas estimo que não era difícil prever o fim daquele regime, Presidente. Avalie V. Ex a. que dentro da Rússia da época cabia quase três vezes o Brasil. E no Brasil cabe até hoje quase cem vezes Portugal. Na Rússia, V. Ex a. deve ser bom de conta (para contar todos os votos que recebe), caberiam portanto uns trezentos Portugal. Pergunto: alguém precisa de tudo isso? Um militar da comitiva falou que só de arame farpado para proteger a fronteira, eles gastavam a riqueza de um país africano por ano. Deus me defenda!

Da Europa, confesso que custei a gostar. Alda, minha finada mulher, mãe de Hermínia, de Agenor Filho e do terceiro, queria a todo custo fazer uma excursão. Desconfiado que ela talvez não fosse muito longe porque tinha uma tristeza contra a qual nada ajudava, e estava sempre pensando no pior, lá fui eu para mais de um mês com ela.

Saímos de déu em déu dentro de um ônibus e tome a tal da guia a falar. Quando a gente dava fé, já tinha saído da Bélgica e entrado na Holanda. E, de repente, acabava a Holanda e o motorista embicava para Paris (terra de mulherio jeitoso), e era tanta capela e tanto museu que eu misturava tudo e pedia para que aquilo chegasse logo ao fim. Por mim, já dava o resto por visto. Avalie que a parte que me divertia era ser roubado na hora do câmbio. Mas guardei uma cédula de cada país até hoje. Não sei se V. Ex a. lembra, mas só a moeda chamada Franco era adotada em formato diferente em três países (lembra de quais?). Era uma confusão do cão.

Mesmo assim, observei um bocado.

Nunca vi tanta cara ladina quanto em Nápoles. Aquilo é um perigo, tome cuidado se for lá. O povo ficava tocaiando o vulcão e eu de olho na carteira. Se um bicho serelepe daquele surrupiasse uma máquina de fotografar, nem dez homens davam conta de achar o meliante num beco cheio de varal de roupa e lambreta de frota para atrapalhar o perseguidor.

Já o francês bufa mais do que locomotiva e tem fama de grosso, e de não ser muito apreciador de banho, só de perfume. Mas vá V. Ex a. botando uma camada de colônia em cima de uma de suor, e depois mais outra, e verá que no fim vai ficar tudo cheirando a ticaca, que é como a gente lá em Arcoverde chamava o fedorento do gambá, para sua ciência.

O espanhol, seu vizinho, tem uma falha de falar que vai do menino ao velho de bengala. Todo mundo fala com uma língua presa que escapa no meio dos dentes. Gostei de ver o inglês, uma penca de velho aprumado no garbo e sacolejando no metrô, de que confesso tive algum receio já que não sou tatu.

De Portugal, apreciei tudo, mas aí fica feio dizer porque V. Ex a. poderia pensar que o estou adulando. Tive e tenho alguma dificuldade com a língua falada aí, e pouca dificuldade com a escrita. Mas dá de dez a zero no holandês que deve ser muito mais difícil. Com a unificação, tenho umas sugestões para a gente aplainar as diferenças mais traiçoeiras. Já tenho uma pequena lista e isso nós podemos resolver sem burocracia e de forma prática, à base do bom senso que é coisa que temos de sobra em comum.

Pouco antes do falecimento de Alda, fomos à Terra Santa para ela rezar e aproveitei para ver como eles criavam gado leiteiro e plantavam fruta, atividade de que também sou apreciador. No Egito um gordo afoito ficou entalado na pirâmide e só saiu com oração forte, porém todo obrado. Ainda hoje tenho pesadelo com aquela agonia. Eu já tinha mais de 70 anos quando fui à China ver aquele comunismo de mentira que eles têm hoje. Passei fome no Japão já que não sou foca para comer peixe cru e tudo ali me enjoava. Mas o país é um milagre verdadeiro e aquele povo não é deste planeta aqui, não. Vieram de outro, ou brotaram da cratera de um vulcão e não contaram para ninguém.

Nos Estados Unidos, estou em casa. Já fui lá mais de cinco vezes. Fico humilhado quando alguém diz que aquela língua é fácil, e acho que eles deviam fazer um país só com o México. Com o Canadá, já é. Como V. Ex a. pode ver, sou chegado a um casamento, talvez por ter sido feliz com o meu (nem sempre).

Mas chega de me gabar que não quero parecer pernóstico. É que conhecer o oco do mundo para mim não foi pouca coisa. A verdade é que de tanto falar com V. Ex a., já sinto que somos meio família, daí ter soltado a língua.

Mas temos ainda aquela perguntinha que fica me azucrinando: V. Ex a. nos aceita de volta ou não? Topa comprar essa briga por nossa união, nem que os outros digam que Portugal achou de trazer um elefante para a sala de jantar? Ou que botou um bode catingoso num quarto já apinhado? Porque, de minha parte, não vou fazer encaminhamento interno algum, se não souber de antemão se o pai vai aceitar o filho de volta. É da Bíblia, dizem os outros, visto que não sou de muita reza. Mas isso de aceitação me toca de perto e vou lhe abrir o coração meio mole, o mesmo que não deixei que o médico consertasse.

Lá por 1992, perdi um filho. Foi num 7 de abril. Tinha dado uns sopapos nele porque vindo de onde vim, não entrava na minha cabeça (e não entra até hoje) que alguém jogasse fora a vida por causa de droga. Genaro ficou dois anos longe e parece que tinha tomado prumo com a ajuda da mãe, que ia vê-lo escondida de mim. Um dia quis voltar para casa e lhe barrei o caminho. Acho que fiz muita exigência e ele se sentiu humilhado. Tenho orgulho em dizer que ele mantinha a decência, quando não estava alucinado. V. Ex a. pode imaginar que requerimento demais, muito "se isso, se aquilo", pode parecer para quem ouve que só se quer um pretexto para dizer *não*. E sabe Deus que não era isso o que eu queria. Eu estava até muito feliz com a volta dele, só não gostaria que tudo parecesse fácil demais, o que era mais uma lição de comércio que eu trazia de Joca Bigorrilho. Mas foi assim que ele entendeu. Ninguém me diz isso na cara (nem bêbado), mas sei que tem gente que bota a culpa do fim dele em mim. Foi um fim do tipo que um homem como V. Ex a. pode adivinhar como foi. No sepultamento, fingi contrariedade, bradei que ele tinha sido um idiota de fazer o que fez, esmurrei a tampa do caixão, abracei o esquife para atrasar o enterro e então me deram uma injeção. Mas ali, por uma vez na vida, eu estava desesperado. Hoje eu sei que talvez devesse ter aberto a porta e deixado ele entrar sem exigências. Mas agora, Presidente, é tarde.

Bola para frente, nem sempre a gente acerta. Agora tenho Eleonora e V. Ex a. um dia vai ser bisavô, torço por isso. Neto é bom? Pois então, escreva: bisneto é melhor porque é um presente que a gente não esperava receber, fica quase no limite de contrariar a ordem natural da vida.

XVI

Prof. Marcelo, não sei quantas vezes V. Ex a. já veio ao Brasil. De Lisboa, é coisa fácil, dependendo se V. Ex a. vem para Fortaleza ou Porto Alegre.

E, se aqui já veio, como acho que esteve, mas não quero ser indiscreto, quantas dessas vezes visitou o Brasil de verdade? Ou V. Ex a. foi só ao Rio de Janeiro, São Paulo e Brasília? Sei que não, mas pergunto de enxerido que sou porque não é da minha conta. Quero só cavar uma brecha para dizer que o Brasil que considero é o do Nordeste. Escreva isso também. E quando vier de novo por aqui, pare no Recife, que vou pegá-lo em pessoa para lhe mostrar uma fazenda bonitinha de dar gosto, e ninguém vai saber que aquele homem a meu lado é quem é, um dos Presidentes da Europa. Aí vamos comer carne de sol curtida no leite, uma macaxeira cozida que parece um creme, manteiga de garrafa e pirão de queijo.

Os amigos de São Paulo (os *conhecidos* melhor dizendo, porque lá a lei primeira é a da afeição ao dinheiro, e gente mesmo que é bom vem depois) não gostam quando digo que é aqui no Nordeste que mora o País verdadeiro, nesse trecho que vai de Sergipe ao Ceará. Digo aos paulistas: o mundo de vocês é feito de italiano, de turco e japonês. A essa altura, é claro, que todo mundo é só brasileiro. Mas nunca esqueci quando fui a São Bernardo do Campo buscar um caminhão de terceira mão, e vi um bocado de japonês saindo do mercado. Tudo pequeno e de uma cor de quem sofre do fígado. Já o italiano é enrolado, desconfiado, fala alto. Mas o turco é o mais esperto de todos porque ri, dá tapa nas costas, serve café e fala errado de propósito para parecer menino. Gosta de se fingir de morto para comer o coveiro. Deles o mais divertido é o libanês.

Lá no mundo da Bahia, tem português sim, espanhol também, mas muito muito preto. Isso explica o jeito de cada povo, segundo minha neta meio americana. Eles gostam de rir, batucar e dançar, a dar fé no que sai na televisão.

Mas mande V. Ex a. pesquisar e vai ver que o nordestino enlouquece em Portugal. Em Lisboa, então, parece criança em parque de diversão. É como o paulista em Roma, o catarinense em Berlim ou o baiano na Nigéria. Se V. Ex a. quiser conferir o que digo, basta ir a um restaurante perto de seu Palácio e, lá chegando, pergunte ao pessoal sobre quem mais gasta dinheiro. É o nordestino, vão dizer.

Soube de um paraibano que tomou sopa de peixe, comeu uma tal foda (nem peço desculpa porque sei que é um cabrito), bebeu duas garrafas de vinho e ainda pediu uns docinhos de freira para encher de vez o bucho de pipa. A cadeira vergou e ficou empinada com o peso do bicho, que deixou uma gorjeta do tamanho dele. Morreu no hotel na mesma noite, mas a mulher disse que estava era feliz no suspiro derradeiro. Já pensou?

E sobre minha proposta, homem? V. Ex a. pode perfeitamente estar pensando: ora pois, vamos ver o que mais se pode botar na mesa em troca. É justo querer mais. Mas é simples. Juntos vamos ser o celeiro na Europa e do mundo. Aqui tem soja, café, galinha, boi, açúcar, petróleo. Cacau e borracha não tem mais, não. Trigo também tem bem pouco, não dá para impressionar. Isso ainda vai trazer dor de cabeça, mas vocês nos ajudam. Vocês têm turismo, cortiça e vinho. A esse respeito, pode duplicar a produção porque o Brasil pode beber ele todo de um só gole. E isso tem uma explicação. O que o que mais tem por essa terra é novo rico e pobre antigo. E a primeira coisa que o novo rico faz é comprar vinho pelo preço para impressionar as visitas, bochechá-lo, cheirar, e já soube até de quem o cuspisse para mostrar erudição. Povo besta. Posso também sugerir a meu filho que diga ao Governador amigo dele, que é quem vai ser o figurão caso V. Ex a. me dê seu aceite, que vamos destratar com quem quer levar por pouco dinheiro nossa empresa de avião. Não vamos enricar mais os americanos que dinheiro lá eles já têm muito. Vamos conversar com o fabricante europeu, nosso vizinho de condomínio. Aos amigos tudo, aos inimigos a lei, dizemos aqui, ditado que nem sempre sinaliza o bem e pode degenerar.

Agora, imagine V. Ex a. Sem a corrupção de Brasília, com a transferência do poder para Lisboa, e o jeito europeu de vocês de vigiar a ladroagem, estamos completos. Vocês vão ser os primeiros a querer abiscoitar uma fatia do bolo. Até o turismo aqui vai estourar. O que não dá para suportar é o que temos hoje: uma lei nova a cada meia hora, que é o que os sanguessugas costumam fazer. Pode escrever: num país onde advogado ganha mais do que agrônomo ou veterinário, tem alguma coisa muito errada. Sem nenhuma ofensa à sua profissão anterior, que fique claro. Salve a gente dessa doideira, Prof. Marcelo. Se V. Ex a. descomplicar a burocracia, vai mostrar que Portugal não tem culpa por ela ser o monstro que é. E não pense que serão os nossos que vão desembarcar aí. Será sim muito europeu que vai querer aproveitar a nova ordem e chegar de enxurrada por aqui.

Que venham. Está gostando? Saiba que estou pronto para dizer que a iniciativa foi toda sua e tiro meu nome do encaminhamento da ideia. O que quero é ver vosmecê brilhar politicamente.

XVII

Outra cavilação, Presidente, e perdoe o desabafo. São só coisas da idade, mas como esconder isso de V. Ex a. a essa altura de nossa prosa? É que passei de novo para mais de uma quinzena sem escrever uma só linha. Imagine que fui aos Estados Unidos para ficar com minha neta e a filhinha dela, Eleonora, mas tive um apagão de memória na rua. Foi logo de manhã enquanto espichava as pernas numa caminhada em Chicago, onde o marido dela tem casa. Na saída do mercado, fiquei à deriva, que nem rês desgarrada. Falaram de um tal surto isquêmico, um nome bonito para batizar uma morredeira. Pensando bem, não achei de todo ruim a esticada da temporada. Senti falta dos negócios, mas podia ter ficado um pouco mais por lá. Observando os americanos, vi o que já sabia: todo dia eles precisam avançar. Nem que seja um tantinho, mas um dia que termine sem um dólar a mais no caixa, é dia perdido. Tempo é dinheiro, eles dizem. *Money o´clock,* ou parecido. Pode parecer uma bobagem, mas em certa idade é assim que tem que ser mesmo. Ninguém quer desperdiçar um só dia quando o amanhã parece longo. Quando ele encurta, e o ontem nos ocupa mais a cabeça, então a gente percebe que não precisava ter tido tanta pressa.

Pelo andar da carruagem no Brasil, estamos no limbo. Quem é deputado, se junta para fazer o dever do Presidente. O Presidente só pensa em fazer o que compete ao juiz e o juiz-ministro faz o que o era dever do senador. Um dia perguntei a um doutor cheio de predicado: que país da Europa o Brasil lhe lembra? Disse que era uma tal Albânia. Fiquei meio perdido. Então fui ver no mapa e achei um buraco escondido no sovaco do mar, perto da Grécia. Se falou sério, estamos mal. Se foi brincadeira, faltou gosto.

Hoje acordei cismado com uma palavra de meu filho: "O Brasil precisa ser refundado, pai." Não sei de onde ele tirou isso, mas é uma boa palavra. É como se fosse começar tudo de novo, não é? Inaugurar a mesma loja com outro arranjo de vitrine. Sacudir um entrevado da cadeira e mandar o bicho caminhar. "Ande, seu cabra, esqueça que é doente e saia passeando por aí."

Que proposta melhor para isso do que a de retornar ao abraço de Portugal? Não foi assim que os judeus fizeram com Israel? V. Ex a. pode dizer: o exemplo não é bom, Agenor, porque deu problema com os árabes. Mas como negar o progresso? Até um homem para a Lua eles querem mandar. Há cem anos, só sabiam rezar pelo catecismo deles. Há uns cinquenta, aprenderam a atirar. Amanhã, a lua. Não se pode pensar pequeno o tempo todo, eis a prova.

Meu filho me falou que utopia é sonhar com coisa boa. Mas que tem também o fracasso do projeto, que é a palavra gêmea dita pelo avesso. Ele disse que o Brasil perdeu a utopia num ralo de pia, desses que engolem dente provisório e não há diacho que resgate o pivô do molar, de tão veloz que é o funil da água.

Ontem o sócio de Agenor Filho veio aqui deitar sabedoria, todo empavonado: "A gente é colônia da China, tio. Vendemos soja e minério de ferro para os chineses. O que será de nós quando o preço cair e eles acharem outro fornecedor?" Em tempo: ele não é meu sobrinho, mas agora tem uma moda por aqui de chamar de *tio* qualquer velho com dinheiro. E pensei: tu com essa pompa toda, rapaz, não fosse pelos meus cobres bem guardados, ias me chamar mesmo era de Agenor. E ainda ias me pedir um copo d´água. "Concordo, concordo, aí você tem toda razão", dei corda.

Colônia da China? Está vendo a responsabilidade que pesa sobre suas costas, Prof. Marcelo? É brabo. É desfazer o que fez D. Pedro, o rapazinho. Aliás, não é estranho que o filho pareça o avô do pai? D. Pedro II com aquele ar de profeta, todo culto. Já o pai, como V. Ex a. sabe, não podia ver rabo de saia. Tinha um alcoviteiro que fazia mandado para ele. Gostava de mulher, mas isso não é pecar, pela minha cartilha. A tirar pelo meu pai, o velho Salustiano, era até predicado bem abonador, pena que hoje em desuso. V. Ex a. me entendeu.

XVIII

Sabendo que eu estava escrevendo uma carta especial, Sr. Presidente, meu neto Pietro brincou: "Parece a sinfonia inacabada. Ou será que é o samba de uma nota só, vô?" Imagine a cara dele quando souber que nosso plano deu certo. Seria uma boa lição para aprender que tudo começa com o primeiro passo. Respondi com ironia: "É, rapaz, é ocupação de velho gagá." Talvez chateado com minha resposta, achando que tivesse me ofendido, e querendo mostrar que é um rapaz bom, perguntou se eu não queria que ele pesquisasse uns dados na tal internet para eu rechear a carta de número, botar ilustração, gráfico e fazer papel bonito. "Veja bem, meu neto, eu tenho a idade e a experiência. O Prof. Marcelo é mais jovem, mas é homem do mundo, um cavalheiro que não teria chegado tão alto se não captasse as coisas com a rapidez de um raio. A gente não precisa disso, nossa linguagem é outra. Se você pode achar as coisas no computador, o auxiliar dele pode também, concorda? Agora o que eu penso, ninguém pode achar na tela. Está tudo aqui, ó. Tecnologia só serve com tutano dentro da cachola." Ele pareceu surpreso e ficou pensativo.

Estive pensando numa coisa, já tentando me colocar no seu papel. A tal União Europeia, a patroa de vocês todos, pode dizer para V. Exa. no caso de querer aguar nossa cerveja: e se a gente do Senegal também consultar a França e declarar que quer pertencer a Paris? E se o mesmo acontecer entre o Peru e a Espanha? Vou dar um conselho para a ocasião, baseado na experiência que tenho com escrituração mercantil, na compra de fazenda com documentação meio embaçada. É boa medida assinar o quanto antes um memorando entre nós. Um pré-contrato, como dizia o finado contador. Aí o casamento da gente vira VIP e ficamos como os primeiros noivos da roda. Quando a fila andar para o pelotão de trás, a gente vai ser empurrado pela retaguarda e quem vai descascar o abacaxi serão eles, entendeu?

Sem mudar de assunto, mas já mudando, V. Exª. sabe de uma coisa que eu gosto muito? Olhar rio, mar, montanha, floresta. A natureza dá muito poder a quem tem essa variedade de cenário na própria casa. Veja a Colômbia. Apesar da desgraceira que fez aquele traficante infeliz, vale mais do que o Brasil. Não porque tenha café e esmeralda, que isso não enche a barriga de muita gente no mundo de hoje. É porque tem praia em dois oceanos, o daqui que é o nosso, e o Pacífico. Pensando nisso, imaginei para V. Exª. um destino glorioso. No que depender de mim, Prof. Marcelo, todo mundo vai lembrar de seu nome como o homem que fez a ponte entre o esquimó do pólo norte e o guarani lá de Iguaçu, que vive no pé das cataratas. É mais do que sonhou qualquer conquistador, de Napoleão para trás e também para a frente. Já pensou a gente usando o euro aqui? Acredite, a nossa é uma rendição de boa-fé.

Meu filho que trabalha com um cervejeiro que ficou muito rico no mundo todo, diz que é preciso pensar grande. Ser inovador (ele repete isso tanto que terminei aprendendo) é pegar o inimigo abestalhado, dormindo de boca aberta com a baba escorrendo. Quer coisa mais indicada para quem é mais fraco do que se juntar ao melhor para obedecer e aprender? Não é assim que fazem as empresas? Pois, pois (olha aqui eu imitando vocês). Já me sinto meio português.

XIX

Prof. Marcelo, sou mais do mato do que do mar, se é que V. Ex a. me entende. Mesmo assim, comprei no passado uma casa na praia de São José da Coroa Grande, no sul de Pernambuco, bem no caminho das Alagoas, de onde hoje lhe escrevo. É um remanso de onde tiro paz e boa lembrança, não vou negar. A casa está como eu: já foi bonita e anda precisada de manutenção. Antigamente, eu gostava de vir do Agreste para cá numa pisada só, com um motorista afoito de nome Aurino que, por desgraça, se estatelou contra uma vaca que morreu no colo dele, lá pela altura de Ipojuca. E ele também bateu a caçoleta, coitado, porque não havia como resistir ao peso do bicho depois da barroada. Tinha pata até no porta-malas, para V. Ex a. ver a força da pancada. Naquele tempo, quando chegava aqui, mandava preparar uma cioba com arroz branco e pirão, e ficava espichado na rede olhando o mar que ia do azul ao verde, passando por aquela cor de burro-quando-foge, que é quando chove e até a água salgada fica barrenta. Ainda hoje tenho o costume de chegar dando as ordens, mas só mando mesmo fazer uma sopa. Como já disse, como pouco. E então fico na espreita da chegada de meu filho com a netinha dele, Eleonora, a cada dia mais formosa. Mas é raro que eles apareçam e não me queixo. É normal que se interessem mais pelo povo da idade deles. A importância que eles têm para mim não pode se comparar à que eu ainda tenho para eles. Sou o ontem; eles vivem o hoje, e a pequenina mal sabe o que é o amanhã.

Embora eu não seja navegador (não sei nem nadar) como é do feitio de sua linhagem lusitana, gosto de ficar imaginando que se disparasse daqui numa voadora em linha reta, daquelas que mal tocam a água, ia bater em Angola, onde vocês também já estiveram. Pergunto: se arrependem de ter saído? Dizem que lá eles avacalharam com a companhia de petróleo e botaram o dinheiro para agradar o Exército e fazer política. Que diferença da Noruega que era pobre, vivia de bacalhau, e guarda o dinheiro que o petróleo rende longe da ganância do governo. Só vão gastar se houver necessidade. Isso sim é saber ser rico. Já em Angola, todo mundo que é rico é general e todo general é rico. Onde se imaginou que a tropa pudesse virar atalho para ser milionário? Soube que tem um bocado deles chegando por aí, como quem não quer nada. Sabe da história do rato que deixa o barco quando sente que a água está subindo? Cuidado, não diga depois que não avisei, Presidente.

Um vizinho meu no prédio do Recife falou que pagou em Luanda U$15 por uma cerveja, o que é uma doidice. Nem no verão do Saara cobram tanto. Disse que o país está cheio de elefante branco, de construção sem utilidade. Por aqui também, como o embaixador deve lhe ter dito. Já de Moçambique, que fica do outro lado da África, depois de arrodear o cabo, não conheço quase nada, mas como todo lugar por lá, parece que o Governo anda comendo na mão do chinês. Soube que eles chegam assim: "Quer um estádio de futebol? Quer uma ponte com o nome de sua mãe, uma estrada com o nome de seu pai? Aí o africano diz que quer, ri, faz moganga e, envergonhado, confessa que não tem dinheiro para fazer a obra. Isso é tudo o que o chinês quer ouvir. O chinês então diz: "*Dinheilo* chinês tem, chinês faz *estlada* e você assina aqui. Só *galantia*. Se não pagar, chinês fica com *petlóleo*, com diamante, com *oulo*." Quem imita bem o chinês é meu neto Pietro, o safado. Agenor Filho ri de dobrar. É que o chinês confunde o *erre* com o *ele*, sabia? Chamam laranja de *ralanja*. Mas na hora de falar em dólar, acertam direitinho.

O mundo mudou muito em trinta anos. Como meu filho Genaro morreu cedo, não pegou nada disso. As pessoas naquela época se misturavam menos, o chinês estava só começando a mostrar as garras e o muro de Berlim tinha acabado de cair. Acho que pelo jeito dele, bem que teria gostado de ver essa Babel de gente falando no telefone enquanto guia carro importado. Pergunto: para que se drogar se já tem tanta coisa divertida para a gente ver com a cabeça limpa? Às vezes eu penso que o pior de chegar perto da morte, é ver que ainda tinha tanto por aprender e não vai dar mais tempo.

Hermínia veio semana passada daí de Portugal como gosta de fazer a cada seis meses. Trouxe um bocado de tinta e os teréns dela (pincel, cavalete, terebintina), mas gostei que tivesse vindo sozinha, sem aquela mulher de olhar de novilha caracu. Hoje ela fala mais como vocês do que como a gente aqui. V. Ex a. haverá de concordar que nós mantemos um jeito mais normal, não é? Aqui a gente não faz tanta força para falar quanto vocês fazem aí. Hermínia foi abastecer o carro e o frentista não entendeu o que ela queria dizer, acredita V. Ex a.? Em vez de *ouvi*, ela agora achou de falar *percebi*. O povo acha graça. *Perceber* aqui é notar. Se ela não quer dizer *entendi*, diga *compreendi*. Quer dizer então que quem não *percebe* é mouco do ouvido? Não está certo.

Ontem Agenor Filho também veio aqui e ficaram os dois de prosa na varanda, irmão e irmã. Fiquei só ouvindo lá da sala. Como sempre, disseram que a casa precisa de uma reforma, que ficou parada no tempo. Mas o prato principal da resenha fui eu mesmo. Levantando a voz, Hermínia culpou o irmão de querer se meter em política. E se queixou de que ele tivesse me envolvido no projeto. Isso porque ela acha que passo meu tempo escrevendo para V. Ex a. e esqueço o banho de sol e a caminhada na areia. "O pai é outro homem depois que se meteu a estadista, irmão. Já não tem idade para quebrar suas rotinas", disse mais ou menos assim. Agenor falou que era o contrário, que uma pessoa motivada sempre se garante melhor do que um cabeça oca. Não gosto de ouvir arenga entre os dois. E muito menos por minha causa. Fui à varanda e eles mudaram de assunto. Então, eu disse: "Não é de hoje que penso no País. Bem ou mal, ele deu tudo o que a gente tem e entendo que seja justo retribuir. Não é por patriotismo de fachada porque sequer simpatizo com essas bandeiras. Minha saúde vai bem, obrigado e vocês estão garantidos até a geração de Eleonora, quando de mim não restar nem osso para chacoalhar um maracá. Deixem de pelejar que não estou gagá. Quando eu morrer, vocês fazem da casa gato e sapato." À noite, chegou o resto da tropa para o fim de semana e me animei deveras. Seja como for, acho mesmo que é hora de deixar V. Ex a. em paz e botar um ponto final nessa carta. Até mesmo para dar tempo de receber sua resposta o quanto antes. É que a gente se acostuma à companhia um do outro, e velho não muda de hábito facilmente.

XX

Prof. Marcelo, V. Ex a. deve ter notado que não falei tanto de política quanto deveria. Quero dizer, não fiquei dizendo fulano é assim, beltrano é assado, nessa cavaqueira de quem tem opinião formada sobre todo mundo. É que abomino o ser leviano, aquele que dá um tiro de rifle que espalha bala para tudo quanto é lado.

Ora, já tivemos Presidentes bons e ruins. Presidente bom em época ruim, vale pouco porque o infeliz, por mérito que tenha, fica com a marca do tempo ruim. E tivemos um presidente ruim que se aproveitou de uma época boa. Então, as pessoas pensavam que ele era o homem certo, quando na verdade nem era, embora de sorte também se viva. É como goleiro de futebol. JK foi um Presidente bom numa época boa. Por que? Porque ele fez o tempo dele e não ficou esperando o gênio da lâmpada. De minha parte, eu só fui atinar para a política quando o velho Getúlio Vargas se matou. Eu tinha vinte e poucos anos e lembro de pai dizer: "Tanto azucrinaram o homem que ele deu um tiro no coração." Teve muita prosa sobre isso na casa de seu Zé Batatinha, em Arcoverde, que juntava os letrados para discutir política. A gente que não era ninguém ficava ali na escuta do alpendre, e era o caso de pai que não tinha estudo para falar, mas que prezava aquela conversa. Nessa época, eu pouco ficava na cidade.

Depois de dr. Juscelino, o caldo desandou. Teve um vesgo que diziam que era o satanás montado numa vassoura. A vassoura era para varrer a ladroagem. Muito justo, veja bem

V. Ex a. que há mais de 50 anos isso é bandeira que vinga por aqui. O homem pegava um pão com mortadela no bolso e comia no comício. Uma assistente-faxineira ficava espanando o paletó cheio da caspa que caía do cabelo sebento. Eu não tinha simpatia por aquele homem porque ele falava mal de JK e eu queria mesmo era cuidar de minha vida. O Presidente, o tal do Jânio, quando ganhou, eu pensei: é melhor deixar ele fazer o que tem que ser feito. Um doido pode muita vez funcionar. Qual o quê, homem, não é que o cabra renunciou ao mandato? Era doido mesmo. Desses de rasgar dinheiro e comer o que obra. Dizem que estava mamado, tinha tomado muita canjebrina e depois se arrependeu. O país ficou agitado porque Cuba era comunista e o Exército achou que a gente ia virar comunista também. Cá entre nós, eu garanto que ia ser o avacalhamento do comunismo. Se o comunismo não deu certo em lugar nenhum, o que dizer de um país onde as mulheres mostram a popa da bunda na praia e muito mais? Não combina. Então veio um sucessor meio manco que tinha uma mulher bonita, de nome Maria Teresa (só tem mulher vistosa com esse nome, pode observar) e que era chegado a um comício. Não desembrulhava lanche no picadeiro, mas gostava de botar empregado contra patrão e sargento contra marechal. Então fraquejou e aí veio o governo militar. Uns chamam de Revolução outros de Golpe. Revolução não foi porque não teve guilhotina nem forca. Golpe também não, porque não se disparou um tiro para remédio. Eu não queria saber de comunismo e não achei ruim aquela solução, se era o preço a pagar.

Quando um homem está numa empreitada para ficar rico, nada mais interessa. Uma vez ouvi de um paulista no navio, quando fiz um cruzeiro com os meninos pequenos: "Minha religião é minha fábrica." Ele falava meio afeminado, mas achei certo porque quem quer enricar não pode ficar olhando para os lados, não. A condição para ficar rico, é querer ficar rico, e pouca gente entende isso. Conheci um sujeito, dito Alcir da Bananeira, que vendia fruta na feira de Vicência e no fim da vida não sabia onde botar tanto dinheiro. De menino, já falava em virar barão. Como também vi gente ter dinheiro grosso e gastar tudo com besteira. Dinheiro também acaba. Foi assim que só voltei mesmo a atinar para o panorama quando já ia bem de vida e veio o dr. Tancredo Neves que, na última hora, acredite, não veio. O país estava de cabeça para baixo e a sombra do comunismo não fazia mais medo a ninguém. Mas o homem se elegeu (nem lembro em quem votei) e, para desgraça de todo mundo, teve uma morredeira um dia antes de sentar na cadeira.

Foi uma agonia porque médico também é bicho vaidoso e cada qual queria aparecer como o doutor curandeiro. Foi um luto geral e então veio o tal Sarney que era o mesmo que ter militar de volta, sendo que sem cassetete nem medalha, mas com bigode de escovão. Aguentou-se até o fim, mas o Brasil descia a ladeira quando ele deixou o poder, e eu, pessoalmente, achei que ia falir. Escondi muita boiada para não vender com prejuízo porque o governo queria tabelar meu lucro. Quase sangrei na faca um fiscal, o que teria sido burrice. Quando a gente achava que estava livre do comunismo, o comunismo chegou da pior forma. E aí veio o tal Collor dizendo que ia arrumar a casa. E começou com uma quente e duas fervendo. Mas era só chifrada de boi manso, Prof.. Marcelo.

Chega de política por hoje. Para quem não gosta do tema, até que falei demais.

Ontem tomei um banho salgado só para ver Eleonora espanar a água. Do mar, olhei minha velha casa e acho mesmo que ela merece uma mão de tinta para o veraneio.

Quem sabe V. Ex a. não se anima a me fazer uma visita? De banho de rio, já sei que gosta. Por que não no nosso mar, que é morninho? O mar daí é tão gelado que já ouvi dizer que um cidadão de Caruaru deu um mergulho desafortunado. Isso porque o equipamento todo que trazia entre as pernas encolheu, se é que V. Ex a. me entende. O bichinho ficou tão engelhado que só reapareceu para as necessidades uma semana depois do banho. Pode?

XXI

Prof. Marcelo, que Deus o livre de morrer da doença do esquecimento sem reconhecer até mesmo a parentada de todo dia. Foi o que destino reservou a meu amigo Fenelon. Ontem de manhã, fui levá-lo ao cemitério. Minha filha pelejou para eu não ir. "Depois de certa idade, as pessoas estão dispensadas de cumprir esses deveres, pai." Respondi abusado que ainda não tinha morrido e fui mesmo assim.

Na verdade, foi uma surpresa saber que ele tinha morrido, o ex-contador Fenelon, porque eu achava que já tinha empacotado há tempo. Gostava de vê-lo porque ele sempre tinha uma novidade sobre imposto, o que é importante nesse país que cobra tributo de Europa e entrega serviço africano em quase tudo.

Nos nossos últimos encontros, Fenelon tinha uns buracos no meio da conversa, ria nervoso quando esquecia uma história e se despedia com um olhar meio galhofeiro, como se tivesse bebido. Depois disso só o vi mais uma ou duas vezes na festa de fim de ano que meu filho dá aos funcionários antigos e novos. Mas aí ele estava alesado de tudo. Essa é uma doença que me faz medo, mas a essa altura eu já não faria tanta falta ao mundo.

Imagine V. Ex a. o que é acordar e não saber onde mora, com quem mora, o que fez da vida e o que ainda ia fazer. A tentação de dar um tiro na cachola deve ser grande, mas um médico me falou que o cabra fica tão enfeitiçado que esquece onde guardou o revólver e para que ele serve. Pergunto para V. Ex a. me responder um dia: por que nos tempos antigos não se tinha notícia dessa doença? Será que tem a ver com a comida e a poluição? Ou é porque o povo anda vivendo mais? Nessa pisada, levei um susto quando alguém me falou que essa agonia de Fenelon se arrastava desde 2011. Isso sim é uma doença maldita que não dá chance a uma morte boa que é aquela rápida. Fenelon nunca me pediu nada e se pedisse eu teria dado com gosto. Remédio aqui é caro e acho que as pessoas tomam muito cachete sem necessidade. Uma antiga cunhada minha, irmã da falecida Alda, volta e meia vem me visitar para um dedo de prosa e um cafezinho. Ela é bem humorada e o pessoal achava que com minha viuvez a gente ia ter um rala-bucho, mas ficou só na amizade mesmo. Só faltava. Contou que andava meio triste (é um mal deles, da família dela, e desconfio que Genaro também tinha um tico disso), e que só melhorou quando pegou a sacola de medicamento, abriu os envelopes, jogou tudo no vaso e deu descarga. "Desde então, voltei a sorrir", disse com espalhafato. Acredito.

Farmácia aqui tem preço para cliente que tem ficha e outro para o passante. V. Ex a. acha isso certo? Por aí não é assim, que eu já vi. Acaso é justo que um cidadão estrangeiro que tenha uma dor de dente e vá comprar uma cibalena, pague mais pelo medicamento do que um residente? A dor sabe lá de onde é o vivente? V. Ex a. já viu dor pedir identidade ou passaporte? Acho isso uma desfaçatez. Por aqui, Prof. Marcelo, tem cidade que tem mais farmácia do que parada de ônibus. Em tudo que é município ou vila, vez por outra um bando de bandidos do tipo faroeste pipoca os caixas do banco, deixa a polícia desmoralizada e a população sem confiança. Já soube de caso que levam até seis meses até que a agência volte a operar. E ai do povo, coitado, que tem que ir até uma cidade vizinha por conta da ação do desnaturado.

XXII

Uma coisa que acho que pode ser boa para o nosso casamento é vocês decidirem por aí com quem a gente embarca nessa caravana de mundo. Já disse que fui ao Uruguai e à Argentina no começo da vida de rico? Fui e aí pensei: não é bom ficar de par com quem é menor do que a gente. Se meu falecido filho não tivesse se metido com gente com quem nada tinha a aprender, talvez estivesse vivo até hoje. É o caso do Brasil. Aqui no continente, a gente é o primo rico da brincadeira. O que rasga dinheiro. Só não tem caridade com o Chile que tem mirada para o outro lado do mar e soube botar a casa em ordem, segundo diz meu filho. Não está certo agir assim. Caridade é uma coisa. Negócio é outro. Mas como é que vamos saber o que é uma e outra? Eu mesmo me confundo todo. Na dúvida, melhor ficar com quem tem mais experiência e viver numa vizinhança boa.

É claro que a gente não vai arrancar o Brasil daqui e levar ele para o lado de Portugal, rebocando o bicho pelo mar para tentar tapear a geografia e fazer pensar que é tudo uma coisa só.

Não deve ser fácil governar e eu ainda queria ouvir V. Ex a. sobre isso. Quando chegou aqui o destrambelhado do Collor, todo mundo achou que o Brasil ia virar os Estados Unidos. A começar pelos carros. Ele foi logo dizendo que os daqui eram umas carroças, o que era o mesmo que chamar o industrial de careca e lhe dar um pente. Collor era um rapaz bem apessoado e disposto. Tinha uma mania de correr de manhã cedo feito cavalo no prado com um monte de fotógrafo botando a língua para fora para alcançar o bicho. Enfezado, toda semana tinha um recado na camiseta. Pensei que ia fazer como D. João quando chegou aqui fugindo do canhão de Napoleão. Que ia arejar o ambiente, abrir o País para o mundo, dar uma marretada na burocracia, botar na cadeia quem ele falou que ia botar quando pediu o voto. Fez muito pouco, terminou sendo um voo de galinha, porque as preocupações eram outras. A primeira providência dele foi despachar um careca de bigode de piaçava aos quatro cantos, que tinha por missão arrecadar o dinheiro que desse e pudesse para ele ficar rico, comprar jornal, sustentar a arenga com os irmãos, reformar casa, botar cachoeira e viver que nem nababo. Percebi logo que a coisa não ia custar muito a feder porque, além de atrevido, o Presidente era petulante e não dava asa para senador e deputado, que é o povo mais traiçoeiro que Deus botou na face da Terra. Num instante fizeram a caveira do homem que saiu do palácio tangido feito ladrão de galinha, mas montado num helicóptero. Até no fim foi fino. A mulher dele na época, do interior das Alagoas, disse depois que até macumba eles faziam no palácio, e que o homem ficava até alta noite de olho arregalado na maior encenação, falando para o espelho. Não tinha gosto para governar, mas tinha apetite para negócio, o que é coisa bem diferente. Quando Collor foi descansar nos Estados Unidos, veio um mineiro que parecia que tinha levado uma ventania na cabeça e tinha o cabelo enovelado. Não sei lhe dizer se era ruim ou bom, mas era diferente do outro. Um exemplo: Collor queria fábrica de carro de luxo por aqui, de Ferrari para lá um bocado, automóvel que andasse a mais de 200 km. O do cabelo azulado já foi pedindo que a fábrica lançasse o Fusca Volkswagen de volta, carro que já estava superado em meio mundo.

Agenor Filho ficou triste porque torcia pelo sucesso do negocista e passou um tempo amofinado, de moral mais quebrada do que arroz de terceira. Por um lado foi bom porque antes ele era muito interessado em política e esse desmantelo fez com que se dedicasse aos negócios seriamente e construísse o caminho dele. Mesmo porque não basta herdar, tem que fazer a sua parte, botar mais uma camada de tijolo. O mineiro do cocuruto, o tal Itamar, era cheio de mesuras e não me toques, mas funcionou para terminar o mandato-tampão e depois passou uns tempos fazendo encrenca, mas aí já estava longe. Ladrão não era. Nisso a gente já chegava a 1994 e, acredite V. Ex a., nada de o Brasil decolar.

XXIII

Caro Presidente e amigo, perguntei à minha filha quanto é que V. Ex a. ganha. Ela que gosta de deitar sabedoria chegou com o número mastigadinho, tão detalhado que pensei que fosse mentira para me dar um cala-boca. Pois bem, agora sei que são 6.523 euros por mês ou, segundo ela, 78.276 euros por ano. Muito bem, já fica combinado que se um dia a gente se vir, é V. Ex a. quem vai pagar o café pois está melhor de vida do que eu pensava. Imagino que ainda lhe paguem uma dupla de Cosme e Damião para sua segurança, um chofer para evitar que V. Ex a. tome multa por dirigir e falar no celular, e um palácio onde possa receber seus convidados para comer bacalhau. No dinheiro daqui, noves fora uns tantos, dá para comprar por ano um apartamento de dois quartos num bom endereço. Entendo que se V. Ex a. continuasse como Professor que é, é possível até que ganhasse mais do que isso. Mas quer fazer o povo de Brasília rir? Diga a um deputado ou senador daqui que V. Ex a. tem uma retirada dessa. Eles vão lhe elogiar o sacrifício, mas quando der as costas, vão chamá-lo de otário para lá um bocado. Ou então, com maldade, vão insinuar (não na minha frente) que certamente devem correr uns acertos por fora porque ninguém vai dar seu tempo por tão pouco. Eles diriam isso porque tem empregado do Congresso que ganha mais do que seu salário, Presidente. E qualquer deputado tira isso da boca do caixa como dinheiro de cerveja. Mas não é só isso, não. Tem tanto funcionário lotado nos gabinetes que se todo mundo aparecesse lá um dia, o prédio que eu ajudei a construir viria abaixo. Olhe que eu não um engenheiro como o dr. Joaquim Cardozo, mas sei que aquilo não suportaria tanta gente.

Sabe o que eles fazem? A lei permite que contratem um empregado por 10 reais, vamos imaginar. Eles registram o cabra e no dia do pagamento, ele terá 4 de desconto em folha, relativo a imposto e previdência. Sobram 6, não é? Não, Ex a. Tem deputado que faz acordo com o funcionário e diz assim: de seus 6, eu quero 3. É isso ou nada. A maioria aceita porque como empregado tem direito a seguro saúde, dentista, clube e sei lá mais o quê. Não é uma pouca vergonha? Ou vai me dizer que tem isso por aí também? Não devo pensar nessas coisas porque elas me fazem mal. Mas se V. Ex a. disser *não* à proposta de reunião (minha conselheira diz que *Reunificação* é melhor), vou ficar mais acabrunhado ainda.

Deixe eu mudar de assunto por um momento porque amigo também é para isso. Ontem o médico veio aqui. Olhou o mar do janelão do meu quarto do Recife e a água era um encanto. Dava quase para ver a África lá de cima. Sei que ele veio para tirar a pressão, passar uma requisição de exame, me apalpar, e escutar se o relógio continua batendo direitinho. Pela cara dele, não tinha nada de muito preocupante. Então proseou que só o homem da cobra. Falou do tratamento da hérnia no tempo do faraó, da catarata de Cleópatra, do pinto murcho de Alexandre o Grande, da tuberculose de Castro Alves e foi por aí. Cada vez se enredava mais e eu só esperando o fim daquela prosa para ler o jornal e dar uma espiada na novela.

Foi quando o desgramado, partindo do nada aparente, disse: "Acho que o senhor deveria ir a São Paulo na próxima semana. Posso acompanhá-lo. Isso me ajudaria a tirar umas dúvidas e, se for o caso, a gente já faz o procedimento por lá." Olhe que médico no mundo é tudo igual, menos chinês que fica agulhando o povo, mas esse daqui fez com que eu me sentisse um idiota. "Se vosmecê queria dizer uma coisa, que desembuchasse logo desde o começo, seu doutor. Por que veio me falar de Nabucodonosor, homem?" Fechei a cara e ele se serviu de água. Então decretei: "Não sei se quero ir, não. O que tem lá, tem aqui, e aquilo que o médico daqui não souber, pode esclarecer com o de lá, basta fazer um telefonema interurbano." Então ele baixou o facho e disse que era só por precaução, que o coração estava meio descompassado e veio me dar aula de eletricidade. No fundo, em São Paulo ou aqui, o que médico faz mesmo é operar equipamento. Tira diploma, compra uma máquina e assina o certificado do exame que, como todo mundo sabe, é o estagiário que faz. Então vai beber uísque e fumar um cigarro escondido dos pacientes. Esse meu médico, por justiça, é dos poucos que ainda têm um verniz de ciência, trabalha sem máquina, mas é capaz de bater as botas antes de mim, de tão medroso que é.

Sabe de uma coisa, Prof. Marcelo, por muito amor que um homem tenha à vida, ele sempre vai rir um pouco da morte, se já teve a infelicidade de perder um filho. Ele pensa assim: do que posso eu me queixar? Hoje tenho 60 anos mais do que tinha meu filho quando deu fim à vida. É uma prorrogação e tanto, não é?

XXIV

Queria que V. Ex a. soubesse de uma coisa que acho importante. Antes de mim, só tinha analfabeto na família. Não sei até hoje onde nossa História começa, mas imagino que tenha aqui em meu sangue um pouco de tudo, mesmo porque Hermínia tem um nariz meio botocudo e uma bunda pandeiruda que tem tudo para ser de uma bisavó africana. Eu que sempre fui acautelado e tenho cabelo escorrido, pode ser que tenha puxado mais ao índio. Para reforçar essa semelhança, gosto de passarinho, da natureza e de trabalhar para mim mesmo. Eleonora, a ponta de rama, é uma princesa lourinha e parece aquelas menininhas de filme da Imperatriz australiana. O Brasil é isso, V. Ex a. sabe bem. Mas o que queria lhe dizer é que melhorei a raça, e o plantel dos Dias da Silva agora é de primeira.

Hermínia é pintora, mas tem diploma de arquiteta e um outro que não sei para que serve. Agenor Filho é veterinário, atendendo a pedido meu, mas depois se meteu por Administração, nos Estados Unidos. Na formatura dele, a festa mais bonita que vi na vida apesar do sofrimento daqueles anos, não entendi uma só palavra de inglês, mas captei o significado. Dos amigos que ele fez lá, é tudo gente graúda em seus países. Até príncipe árabe com toalha na cabeça tem. Agenor casou com a primeira namorada, uma doutora engenheira, um pouco contra minha vontade porque ainda era cedo demais, mas eles nunca mostraram arrependimento e isso é o mais importante. O nome dela é Raquel. Eles se conheceram em São Paulo e já chegaram de aliança no dedo. Bem nascida, nunca se queixou da sorte mesmo quando ele ainda decolava e veio morar aqui no interior de Pernambuco. Dos pais dela, só conheci a velha que falava enrolado e vinha de longe, fugida do nazismo, comunismo e sei lá mais o quê. Os netos foram na pisada do pai e da mãe. Pietro estudou Economia e Tatiana tirou diploma em Matemática. Pegue V. Ex a. um livro dela e não vai entender nada porque não tem palavra. É letra misturada com número. Foi pela luz dela que me veio Eleonora. Dia desses é que fui saber que foi a pedido da falecida avó (a que falava estrangeirado), que botaram nela esse nome lindo. Foi para homenagear a primeira-dama americana, a mulher de um ex-presidente deles. Desde aí, eu só a chamo de minha primeira-daminha, e ela ri porque sabe que é com ela.

Minha nora me deu um susto numa manhã dessas. Veio me dizer que Eleonora é judia. Confesso que fiquei meio atarantado, pois como é que uma criaturinha linda daquela pode nascer negando Roma, e como é que se pode deixar que cresça cercada de tanto ódio? Ainda argumentei: "Mas Agenor não é judeu, menina." "Mas eu sou, meu sogro. Sou filha, neta, bisneta e tudo o mais de judeus. Logo quem descende de mim, mesmo que o pai não tenha religião, é judeu." Me deu um tremelique e fiquei pensando naquele desgraçado daquele Hitler. Se nunca tinha tido simpatia por aquela peste, agora caparia ele sem piedade. Saber que Eleonora é judia, como a mãe disse, terminou me dando uma alegria. O judeu que eu mais conheci foi Moisés Gil, em meus tempos de garimpeiro. Acordava rezando e orava balançando o corpo na hora de dormir. Além da touquinha na cabeça, se enrolava num chale e amarrava os braços com umas tiras de borracha para fazer um garrote e estimular a circulação.

Gostava de aguardente e era namorador. Só não comia porco e era a bondade em pessoa. Certa feita deixei escapar na correnteza uma turmalina. Moisés pulou na água, tateou o fundo, quase se afogou, mas recuperou-a para mim por pura amizade. Vendi a pedra em Campina Grande a bom dinheiro e ela mudou meu começo de vida. Que Eleonora tivesse a grandeza daquele homem manso e correto.

"Pois que seja." Foi nessa hora que atentei para que Raquel não se benzia. E que eles não tinham querido batizar nem Pietro nem Tatiana. E eu que pensava que era porque ela era crente, evangélica ou assemelhada. Foi Tatiana que me mostrou na casa americana dela uma fotografia do espaço. Parecia o céu e um bocado de estrela. Aí ela disse: "Vô, a gente mora aqui nesse pontinho. Isso é a Terra, vista de Saturno." O marido dela, o gringo John, confirmou. A gente vive num grão de poeira do universo, Prof. Marcelo. Tive uma vontade de chorar com aquela visão. A gente não é nada. A vida é um mistério mesmo, mas é tão bonita. Pedi a ela que me fizesse uma foto ampliada daquilo para botar no quarto para ver todo dia ao acordar. Qualquer hora dessas, vou perguntar a ela se Deus existe, sendo ela uma pessoa da ciência. Vendo aquilo me pergunto: como é que se pode poluir o ar e emporcalhar a água? V. Ex a. sabia que a natureza também se vinga?

XXV

Sr. Presidente, um passarinho me disse que essa é a reta final de nossa conversa. Não é justo privar seus governados de sua ciência com meu palavrório raso que já lhe tomou tanto tempo. Então, prometo que só vou me delongar se algum tema perigar de ficar incompleto. Vamos a isso, então.

Sei que V. Exª. é o que se chama um democrata. Só pode. Na Europa de hoje, acho que não há lugar para outra opção. Mas sei também que da Espanha em diante, até chegar ao gelo da Rússia, a cada cinquenta léguas de rodagem, vai haver um grupo radical que faz da rebeldia uma bandeira. Um porque não quer refugiado das guerras alheias, outro porque não gosta de muçulmana que usa véu, outro porque não gosta de homem efeminado ou de mulher com jeito de homem de antigamente.

Apesar de ter nascido meio ignorante, e de assim ter ficado porque é difícil corrigir certas coisas, não sou de muito julgar. Pelo menos, tento. Acho sim que é normal que os mais ricos queiram se proteger dos mais pobres que, no caso de Portugal, podem vir de todos os lados, especialmente do sul e do leste. Mas não é segredo entre nós o que penso da solidariedade e sei que Portugal tem tirado bom partido da imigração organizada. É política que devemos continuar e vou apoiá-la.

Vendo os líderes da Europa, saiba que meu favorito é de longe o Prof. Marcelo, que entre outras coisas, é quem mais fala do jeito que eu entendo (nem tudo, nem sempre). Vou lhe dizer um pormenor, mas não fique enciumado porque ciúme de homem é um perigo. Mas eu gostava também de um espanhol valente que quando um doido fardado deu um tiro no Parlamento e ensaiou dar um golpe, ficou olhando a cena sem piscar e não se escondeu embaixo da cadeira como barata diante da vassoura.

Da França, lembro do general compridão que mandava o pesqueiro dele roubar lagosta no Ceará, mas que levou troco justo dos militares daqui. De qualquer sorte, o homem era herói de guerra e isso me basta para perdoá-lo por essa trela. Mais do que nunca, todo mundo que foi inimigo de Hitler passou a ser meu amigo, mesmo sem saber. Da Alemanha, gostava do gordo que rejuntou as duas partes depois da queda do Muro, aquele que tinha uma barriga de quem, como diz Agenor Filho, prestigiava a indústria local de cerveja. Sobre essa Dona Angela, sempre tive boa opinião e precisa agrupar um bocado de homem macho para dar uma só igual a ela porque me parece a única que não tem medo das caretas de Putin. Quanto a ele, de quem já falei, não esqueça que tem um gás spray do cão, que envenena até dragão cuspidor de fogo. Basta uma borrifada do danado e o bicho do olho encarnado começa a espumar pelo canto da boca, e estrebucha de pernas para o ar. Conselho: quando V. Exª. for ter reunião com Putin, diga que está gripado e bote uma focinheira daquelas que o japonês usa no metrô. Se ouvir um barulhinho de quem abre Coca-Cola, corra para o banheiro mais próximo e atole o nariz na água até o socorro chegar. Na Inglaterra, gosto da Rainha que vi de longe quando veio ao Recife, em 1968. Eu estava lá para um beija-mão com o Governador, homem de meu apreço, irmão de meu benfeitor Zé Coelho, mais tarde senador, para a honra do Sertão. Dos outros países, muito mais eu não saberia lhe dizer porque todos os homens e mulheres se parecem e ninguém daí diz ao certo quem é quem. Por isso que usam crachá na reunião. Diga um só nome de um político da Dinamarca? Viu como é difícil?

Como é do conhecimento de Vossa Excelência, o Brasil é democrático demais. Aqui tem de tudo o que um vivente possa imaginar e ninguém se importa muito com a conduta alheia, mesmo porque não adianta. Ninguém vai deixar de ser o que é porque uma pessoa torce o nariz. Conheço isso de minha casa. Acho que o senhor entende o que eu quero dizer. Mas vamos concluir essa conversa.

Lá por 1995, chegou ao poder um novo Presidente, um professor do sul chamado Fernando Henrique Cardoso, de alcunha FHC, o que significa que nasceu do lado bom da vida. Só rico bota dois nomes encarrilhados antes do sobrenome. Pobre também faz, mas aí é tudo variação de Zé. É Zé Severino, Zé Aroeira, Zé Arimateia, Zé Firmino ou Zé Raimundo. Mas não tem por exemplo Raimundo Arimateia. Rico tem Paulo Ricardo, Rodolfo Valentino, Joaquim Augusto. Já pensou pobre chamado Carlos Eduardo? A caneta do povo não tem tinta para tanto enfeite. Se é para gastar com nome longo, o pobre prefere os de sucesso garantido: Maike Taison, Silvester Estalone, Bequenbauer e por aí vai.

Apesar de eu ter nas veias o sangue da pobreza, nunca o refinamento do Presidente FHC me incomodou. Pelo contrário, quando comecei a vê-lo na televisão, me lembrou o dr. Juscelino, cuja mão apertei. Ele começou bem, comendo buchada de bode lá nas barrancas do rio São Francisco e achando bom. Os problemas eram os mesmos, mas a inflação era de longe o pior. Na troca de comando, o povo já ficou descabelado, pensando que ele ia dar outro cavalo de pau, como tinha o feito o amalucado do Collor, que deixou todo mundo de tanga, rapou a poupança de milionário e de Zé Povo para dar o dinheiro para o sócio guardar, e até mesmo industrial forte de São Paulo ficou com o tostão do arroz contado para fazer a feira, comendo de bandejão porque estava zerado.

FHC no meu entender acertou muito mais do que errou. Tirou das mãos do governo um bocado de empresa e vendeu para quem sabia torná-las lucrativas, para daí empregar gente e arrecadar imposto. Errou quando tomou gosto pela cadeira e pediu mais um mandato. Mas entrou sorrindo e saiu sorrindo, o que é feito único na nossa história. Governou ao modo dele. Não era de direita nem de esquerda (aqui em Pernambuco ainda existe essa noção), não gastou nem muito nem pouco, e viu o mundo pegar fogo com crise em tudo o que era lugar e não perdeu o prumo. Importante é que deixou tudo prontinho e acertado para quem viesse depois. Por aqui, fazer isso já é muito.

XXVI

Veja agora V. Exª como são engraçadas as coisas. Eu pensava que começar uma carta para uma alta patente era a parte mais difícil da empreitada. Mas, bem ou mal, comecei e cheguei até aqui. Agora o mais difícil está sendo terminar.

Hoje minha neta Tatiana veio me contar que até o fim do ano vai se mudar com a família de volta para Chicago. Com mais um herdeiro a caminho, o gringo John recebeu uma proposta de uma universidade e ela também acha que é bom que Eleonora seja alfabetizada em inglês. Disse tudo isso com jeito e delicadeza, talvez porque soubesse que lá no fundo, nada podia ser tão arrasador para mim do que saber que minha bisneta vai nessa caravana. Quando vou vê-la de novo? Fica difícil. "Acho que vocês fazem muito bem em ir. O Brasil pode até melhorar, mas é sempre bom ter um pé em cada canoa." E disfarcei minha dor com uma brincadeira séria: "Cuidado com aquele povo amalucado. Se a coisa apertar por lá, voltem no primeiro avião."

V. Exª sabe bem que nunca houve tanto brasileiro querendo sair daqui. Antigamente eram só os mais pobres, o que é normal desde que o mundo é mundo. Todos nós descendemos de um pobre antigo que foi buscar melhores condições num lugar novo. Agora a moda pegou também entre os ricos. É nessa hora que penso que só nós dois, V. Exª e eu, podemos encaminhar uma solução boa para estancar essa sangria. E olhe que até recentemente teve muita gente, inclusive seu criado aqui, que acreditou num vento bom a favor do Brasil.

Eu, que vim lá de baixo e nunca fiz segredo disso, cheguei a gostar da eleição do tal do Lula. Sabia que era um comunista meio de araque e que não ia atentar contra a propriedade e o direito de cada um de ganhar pelo esforço que faz. Pelo contrário, dizem que no mundo todo o tal líder popular enlouquece na frente de um endinheirado. Pensei também que era uma chance de mostrar a quem duvidasse que a vida também é uma faculdade, e que as pessoas não precisam ter diplomação em Doutor para chegar ao ponto mais alto da vida, que é ser um Presidente, como bem sabe Vossa Excelência. Até no falar, ele me lembrava que sou da mesma matéria que ele, e isso me dava orgulho.

Tudo correu bem. Diz Agenor Filho que aquela sensação boa que a gente tinha no governo dele era porque o pernambucano Lula tinha tido sorte e pegou a casa em ordem. Já o amigo dele que é Governador acha que o mundo nunca esteve tão bem quanto naquela época e que qualquer um que estivesse lá teria feito boa administração porque o Brasil caminhava só, tinha achado muito petróleo, conseguiu preço para a soja e o minério, e o chinês pagava o que a gente pedisse. No fundo, eu estufava o peito quando via Lula rodando mundo e dando lição até ao Presidente americano. Mas largar o osso é arte difícil e isso não se aprende na escola da rua. A lei da rua é a lei do esperto. Para dar uma cobertura a uns ministros que começaram a se encrencar com a justiça, ele elegeu uma presidente que botou tudo a perder. Eu falei para Agenor Filho: "É uma pobre de Cristo. Não faz uma ponte entre dois pensamentos. Vão botá-la para fora." E aconteceu. Depois disso, foi um descalabro só. Haja gente deixando o País, e agora também minha bisneta, que já tinha parte com gringo mesmo.

Hoje eu defendo que um Presidente tem que ter estudo, sim. Talvez não precise de tanto quanto o que V. Exª tem, mas nem tudo se resolve na base da prosa, da aguardente e da boa vontade. Minha neta Tatiana diz que tudo já está nos livros e que não precisa ser só manual técnico, não. Até em história de rei, rainha, cavalo e castelo, o homem estudado tem lição a tirar. Mas o ignorante não acredita nisso e vai se lambuzando com mel até cair do alto e se esborrachar na frente de todo mundo. Tem mais: a diferença que há entre ele e o homem culto é que o letrado não compra gato por lebre e enxerga o amanhã como se fosse dele, e não só o hoje. Todo mundo que já tocou um negócio adiante sabe que o dinheiro não cresce à base de aplauso fácil. Quem gosta de demitir? Ninguém, só um degenerado, mas tem hora que precisa. Quem tem prazer em cortar despesa? Ninguém, mas sem isso não há lucro. E sem lucro, não há emprego. É preciso ter coragem para dar notícia ruim hoje para colher o agradecimento amanhã. Eles acharam que as palmas iam durar para sempre e que é possível dar nó na aritmética, e que o numeral aguenta desaforo. O resultado é que se agrupou uma récua de gente que só queria saber do próprio bolso, vinda de tudo que é partido político, e assaltou o Brasil. Assim chegamos a hoje. Todo mundo quer achar um parente estrangeiro para ter um passaporte de gringo. Sinta sua responsabilidade, Professor.

Na minha idade, penso: melhoramos? Sim, basta ver o tanto de estrada que tem em São Paulo e o plantel pecuário do Brasil. O rico de ontem, não é mais o mesmo de hoje, o que quer dizer que o dinheiro mudou de mãos e a mundiça já pode foguetear em Miami e comer biscoito de chocolate em Paris. Pena que o sonho durou pouco, não se aguentou, e é por isso que Agenor Filho fala em recomeçar do zero. Quem sou eu para saber?

É melhor que V. Exª decida. Traga seu sorriso e sua ciência para cá e a gente vai saber agradecer.

XXVII

Sr. Presidente, resolvi numerar as sessões de conversa que a gente já teve. Foi sugestão de minha amiga que me orienta sobre vírgulas e crases e vejo agora que chegamos a 27 partes. Ou capítulos, como ela chama (que vai botar em romano porque disse que faz mais efeito para um Presidente advogado). Com mais um, a gente encerra.

Aproveito para esclarecer o que talvez ainda não tenha dito de vosso País e de outras medidas que vão ajudar o casamento a progredir, mesmo quando os padres (nós dois) já tiverem ido embora da missa. Portugal é um lugar bonito. Quando estive em Coimbra, vi a meninada vestida de morcego nos becos, bebendo vinho e recitando verso. Hermínia falou que nunca soube de roubo à mão armada e o ovo tem uma gema alaranjada, como eu só via na infância. Vocês tem carne de qualidade, especialmente cabrito, e uns peixes que a gente não acha por aqui, talvez porque nossa água seja morna e a daí quase gelada. As estradas são muito boas e muitas podiam ser menores porque sobra pista e falta carro. Gostei também da cidade do Porto porque tenho um fraco por rio e como com gosto feijão branco com tripa. Lisboa, a cidade onde V. Exª. nasceu, é muito alegre e será uma boa capital para o Brasil.

Para o dia em que a gente virar Portugal, sugiro a V. Exª. que mantenha a bandeira brasileira e o hino nacional. Posso pedir ao cego Adroaldo que tire dele umas palavras e coloque outras que falem menos de liberdade e mais de união. Importante é manter a melodia e o refrão porque o povo se acostumou a ele no futebol. Sobre a nova bandeira, a gente funde os emblemas. Antes mesmo do casamento, V. Exª. deve decretar que um euro vale cinco reais (acho justo), e isso evita especulação e aquele corre-corre a banco. Na hora de desativar o Congresso em Brasília, se sorteiam 30 (trinta) deputados para nos representar aí. Um ano depois, V. Exª. propõe eleição nas cinco regiões brasileiras, e onde cada uma vai mandar 6 (seis) representantes, com direito a uma passagem por ano para visitar o Brasil. Só os bons vão querer ficar e a maioria vai buscar um negócio mais lucrativo, se o que quer é ganhar dinheiro.

Como a equipe de V. Exª. não pode dominar de uma hora para outra a temática do Brasil, a gente nomeia 10 (dez) pessoas para orientarem Lisboa sobre nossas prioridades. Posso indicar Agenor Filho para finanças e eu mesmo talvez possa ajudar na agricultura e pecuária, pelo menos no começo. Sem remuneração, que fique claro. Tenho outros nomes para sugerir, mas isso virá a seu tempo. O resto a gente vai adaptando. Quem for daqui para aí, tem que aprender a falar mais baixo. Quem vier daí para cá, tem que falar um pouco mais alto. Vamos resolver o destino de algumas palavras que podem criar confusão entre os ouvintes e levar um caboclo a ficar enfezado com elas. Por exemplo, não se diga nunca que um chefe de família é pai de uma *rapariga* e avô de dois *putos*. Cuidado também com a palavra *bicha* e *caralho*, e vamos eliminar da mesa o *grelo* porque isso aqui é outra coisa, e não guarnição de peixe. Outras a gente pode deixar e as pessoas se acostumam com o que elas querem dizer. Gosto por exemplo de *açorda*, *Melgaço*, *tamboril*, *Albufeira* e *pinhal*, embora só conheça o significado da última. Fica proibido o ritmo axé por aí – confunde a categoria europeia do País –, e fica proibido o fado por aqui porque dá muita tristeza em quem ouve. Unificar o futebol pode ser o mais difícil, mas para tudo na vida tem um jeito desde que nossas estrelas da Copa (aqueles dois, sabe?) não participem da Comissão de Integração de Futebol (CIF). Uma sigla dará respeito à nova entidade.

XXVIII

Prof. Marcelo, é hora de ir-me embora. O bom da amizade é a franqueza. E o bom da idade é que a gente já não se abala com bobagem e só dá valor ao que realmente merece. E também às surpresas que chegam quando a gente menos espera. Para que V. Exª. não alegue mais tarde que foi o último a saber, vou contar em primeira mão o sucedido a vosso amigo aqui.

Dia desses, naquela hora do meio da tarde em que ainda é cedo para a televisão e muito tarde para uma sesta, o zelador interfonou e disse que uma tal de dona Zilda queria falar comigo. Sei quem ela é. É uma doutora até muito garbosa que perdeu o marido há uns dois anos, e desde então parece que pouco sai de casa e só tem olhos para os netos, o que é justo. O melhor dela talvez seja que não se descuidou com a viuvez e das poucas vezes que a vi no elevador estava sempre bem aprumada, com óculos de sol enganchados no meio do cabelo liso, que é castanho claro e bem penteado. Durante quase um ano lhe dava os pêsames toda vez que a via, mas depois me tomei de vergonha. Durante quanto tempo uma viúva merece só ouvir a mesma ladainha? Até o finado quer paz.

Retomo. A conversa dela para telefonar é que tinha feito um bolo e queria saber se podia me trazer um pedaço. Reconheço que é costume das boas vizinhanças de antigamente, e sei que o finado marido dela era de Belo Jardim, o que já é uma garantia de retidão e boas maneiras. "Faço muito gosto, pode a senhora doutora subir que a porta estará aberta." Então chamei Érica, uma faz-tudo de confiança e mandei que ela botasse a toalhinha rendada na mesa da varanda, uma garrafa de vinho do Porto e dois cálices. Tirando a família e o médico, há quanto tempo eu não recebia uma visita? Diante do espelho do banheiro, passei água no rosto, ajeitei o penteado como podia e borrifei colônia no pescoço porque sei que velho exala um cheiro meio azinhavrado e eu não queria dar má impressão à visitante.

Quando ela chegou percebi que estava meio nervosa e cheia de dedos. "O senhor me desculpe perturbá-lo, sei que não são horas de visita, mas pensei que talvez fizesse gosto nesse bolo de macaxeira. Garanto que tem pouco açúcar e todo mundo lá em casa diz que é minha marca registrada. Não vou tomar muito de seu tempo, só queria mesmo lhe trazer..." Antes que ela começasse tudo de novo, levantei o braço e ela entendeu que era para parar com aquela novena. "Esteja a gosto, doutora, e tome assento, se não for lhe pedir muito. A sua presença não me atrapalha em nada. Pelo contrário, o horário é bom. O que pode um homem de minha idade ter de mais importante a fazer do que receber uma visita para um dedo de prosa?" Antes que ela recomeçasse, estalei o dedo: "Érica, venha até aqui e sirva a gente de uma bebidinha." Foi então que ela se sentou meio acanhada, metade da bunda fora da palhinha da cadeira, como se ensaiasse o momento de dar um pinote e fugir dali. Mas senti que embora arisca, ela não achou ruim. Era só uma questão de tom para que ela recobrasse a calma. A pecuária ensina muito.

Como quase sempre acontece com viúva, falou um tanto mais do finado, que era como se o infeliz estivesse testemunhando o momento: "Tivemos uma vida boa, seu Agenor. Viajamos, conhecemos o mundo, fizemos um patrimônio e tivemos filhos muito prendados. No melhor da vida, ele se foi. Como pode?" Para não deixá-la falando com as paredes, disse que sabia bem o que era isso, mas que no meu caso tudo já estava muito longe e a morte de Alda tinha me liberado para trabalhar ainda mais para consolidar o que já tinha. Como toda mulher, ela passou recibo e fez desagravo: "Mas o senhor teria preferido que ela estivesse viva, não é? No caso, talvez tivesse feito até mais do que fez." É o tipo da conversa que não leva a lugar nenhum e arrumei a prosa: "A vida é o que é, madame." E tomamos um segundo cálice. Já era escuro quando ela desceu e Érica a levou até o elevador. "Apareça quando quiser."

Já na cama, diante dos três aparelhos de televisão que tenho no quarto, ligados só na imagem, fiquei pensando que até não seria má ideia que ela voltasse mais vezes, o que sei que deverá acontecer. É como escrever carta, difícil é só o começo. Se fosse há uns dez anos, Prof. Marcelo, não teria problema em chamá-la para passar uns dias na praia de São José da Coroa Grande, onde temos muitos cômodos. Quanto a fazer isso hoje, fico inseguro. Do jeito que mulher é, é capaz de com isso eu só conseguir mesmo ter mais uma pessoa a me azucrinar o juízo, querendo reformar a casa. Depois, ela ainda está na flor da idade, e talvez ainda não tenha chegado aos 70 anos. Não é para mim, sei não.

Confesso a V. Exª. que sempre tive sono fácil. Quando rapaz, adormecia pensando em como ganhar dinheiro. Mais velho, em como liberar Alda daquela tristeza e dar condição à família de estudar e crescer. Depois veio a fase da melancolia quando só me vinha à cabeça a imagem de Genaro ainda menino, dos três filhos o mais divertido e falador. Mais tarde, passei a dormir de cansaço. De tempos para cá, penso na festa dos 15 anos de Eleonora que não vou durar para ver. Mas ontem, foi diferente. Isso porque me peguei pensando na carne macia da doutora Zilda e naquela brincadeira que ela tirou na saída, com a garrafa quase vazia e uma vermelhidão nas bochechas: "O que uma mulher vê num homem, só ela sabe, seu Agenor. Veja aqui o senhor, se me permite dizer. Está cheio de ideias, amigos importantes, bem de saúde e com planos para o futuro. Para mim, só é velho quem parou de sonhar."

Gostei dela. Qualquer hora vou chamá-la para ver um documentário sobre gado holandês que meu neto baixou no computador. Ou será que V. Exª. recomenda outra coisa?

Ficam aqui a estima e o abraço,

Agenor Dias da Silva

Pecuarista

Casa Civil do Presidente da República

Exmo. Senhor

Encarrega-me Sua Excelência o Presidente da República de acusar a receção e de agradecer a mensagem de V.Exa., de 29 de outubro de 2019, bem como de informar que Sua Excelência o Presidente da República não tem disponibilidade para atender ao pedido subjacente.

Com os melhores cumprimentos,

O Chefe da Casa Civil

Fernando Frutuoso de Melo

Proc. 39693
AAC/HNP/SG

08 11'19 13070

ISBN: 978-65-997703-3-3